SEÑORA VIRTUDES
Y EL CLUB MUJERES EXCELENTES

Enseñanzas prácticas al camino de la
excelencia basado en
la mujer virtuosa de Proverbios 31

LUCY RODRÍGUEZ

LA FABULOSA SEÑORA VIRTUDES Y
EL CLUB MUJERES EXCELENTES
Lucy Rodríguez

Editor y corrector: Diez Veces Más Group
diezvecesmas@gmail.com
Diagramación: Anamaria Torelli de Gell

Primera Edición
Junio 2022
Todos los derechos reservados.
Copyright © 2022

Se prohíbe la reproducción total o parcial del contenido de este libro sin permiso del autor.

A menos que se indique lo contrario todas las porciones de las escrituras corresponden a traducción:
    - La Reina Valera del 1960 (RVR60)
    - La Reina Valera Contemporánea (RVC)

ISBN: 9798843144814

AGRADECIMIENTOS

"Muchas gracias a todas aquellas personas que me empujaron a mi destino, aun sin saberlo.

Lucy Rodríguez

DEDICATORIA

A la memoria de María Edelmira Trinidad Berroa "Doña Elvira", abuela paterna de mis hijos. Recordada con amor. Un ejemplo de virtud, una madre abnegada, respetada por su familia y comunidad. Una mujer, como dice la Biblia, que por su honra y temor a Dios es digna de alabanza.

Muchas mujeres hicieron el bien
Pero tú sobrepasas a todas
Engañosa es la gracia, y vana la hermosura
La mujer que tema a Jehová, ésa será alabada
Dadle del fruto de sus manos, y alábenla en las puertas sus hechos.
Proverbios 31:29-31

ÍNDICE

Sea lo que sea por Virtudes	16
Café Chaniluz	24
La Piña Colada Agria	30
Edifica tu Casa	44
La Esposa no es Sirvienta, es Como las Costillas	50
Fuerza Invencible	62
La Mujer Emprendedora y sus Múltiples Sombreros	86
Se Diligente y Vigorosa en Todo lo que Hagas	116
¡Ríete del Futuro Ja, Ja, Ja!	128
Palomitas de Maíz con Extra-Mantequilla	138
Los Ojos que te Miran	146
La Verdadera Belleza no se Ve	156

INTRODUCCIÓN

¿Quién es la interesante, La Señora Virtudes? Ella es el personaje principal de este libro, el cual tomó forma en mi imaginación como producto de la inspiración que recibí cuando leía Proverbios 31. Ella, la mujer modelo, se quedó en mi mente por varios días hasta que tomé la decisión de darle vida en esta obra literaria y compartir contigo su sabiduría. Ella es fabulosa y digna de imitar, ya que es poseedora de cualidades y virtudes que la marcan como una mujer virtuosa.

La Señora Virtudes ayuda a otras mujeres en su *Club Mujeres Excelentes* a que sean la mejor versión de sí mismas, viviendo vidas de excelencia. En el club aprenden el camino a la excelencia. La excelencia es un estilo de vida y hace que la persona esté en un desarrollo constante, es deliberada y quién posee tal virtud busca su bien y el de los demás, piensa en grande, presta atención a los detalles, busca el éxito y es humilde cuando la critican porque de ellas aprende. Amada lectora, te insto a que comiences a identificarte con la palabra *excelencia*. Eres única, por eso no tienes la necesidad de compararte con nadie o con el potencial de otras. Sé siempre la mejor versión de ti misma.

Cada vez que Dios terminaba una faceta de la creación concluía con estas palabras: *Y vio Dios que era bueno*. Todo lo que Él creó desde el principio fue excelente, bueno, y tú eres su creación. Emplea la excelencia hasta en lo más mínimo. No me refiero a buscar la perfección, porque nadie es perfecto, sino el dar lo mejor de ti misma, según tu capacidad. Lo mejor de ti es lo mejor. El camino a la excelencia no se adquiere en un día, sino que es algo progresivo, es *un día a la vez*, como dice el antiguo himno. La excelencia es un estilo de vida que tu misma decides y que puedes lograr.

Cuando establecemos en nuestras vidas algunas de las virtudes de la mujer de Proverbios 31, crearemos en nuestro diario vivir movimientos positivos para todas las personas a las que de una forma u otra influenciamos, en especial a nuestra familia. El hogar debe de ser un refugio, una escuela, casa de Dios y puerta del cielo, un nido de amor y comprensión, un lugar en donde se aprendan valores y se desarrollen virtudes. En la famosa película El Mago de Oz, cuando Dorotea, después de chocar los tacones de sus resplandecientes zapatos rojos, cerró sus ojos

y dijo repetidas veces *"No hay lugar como el hogar"*, porque era lo más que deseaba, porque vivía en un hogar feliz y lleno de amor. ¿Cómo es tu hogar? Es un oasis o un desierto, un pedacito del cielo, o un infierno, es un lugar en donde los que residen en tu hogar quieren llegar o no. ¿Cuál es el ambiente de tu hogar? ¿Es de paz o disturbios? ¿De orden o desorden? Al hogar hay que echarle ganas. Es un arduo trabajo, pero vale la pena, porque ese trabajo es uno que trasciende y afectará a tu generación.

La Fabulosa Señora Virtudes te ayudará a que aprendas a crear un ambiente de paz, alegría y armonía en tu espacio y el de tus seres queridos. Antes de que comiences a leer este libro me gustaría invitarte a que desde este momento comiences a identificarte con la palabra *excelencia*...di en voz alta: "soy una mujer de excelencia".

¡SORPRESA!

Amada lectora, jamás te ibas a imaginar la sorpresa que te tengo, desde hoy en adelante eres un personaje en *La Fabulosa Señora Virtudes* y serás miembro del *Club Mujeres Excelentes*. Lo único que tienes que hacer es poner tu nombre en los espacios que intencionalmente dejé en blanco para ti.

¡Bienvenida al mundo de La Señora Virtudes!

TRASFONDO

La Señorita Jacqueline es una joven temerosa de Dios, asiste a la iglesia Buenas Nuevas y vive en un edificio de apartamentos únicamente para señoritas. Al frente de Jacqueline te mudaste tu (la lectora). Tu y Jacqueline han desarrollado una linda amistad y todas las mañanas se hacen compañía para caminar juntas a la parada del autobús que las lleva a sus respectivos lugares de empleo. Jacqueline es miembro del *Club Mujeres Excelentes*, que dirige La Señora Virtudes, y precisamente hoy Jacqueline comenzará a hablarte acerca de esta prestigiosa dama. Mientras pasen los días ella te enseñará acerca de muchas de las buenas cosas que ha aprendido en el club, y aún más, tu misma ya eres miembro del mismo porque yo te inscribí.

Sé que es una gran sorpresa para ti ser parte de este libro y miembro de un club tan maravilloso, pero créeme que me lo vas a agradecer. Espero que disfrutes esta aventura con tu nueva amiga Jacqueline, el *Club Mujeres Excelentes* y por supuesto con La *Señora Virtudes*.

CAPÍTULO 1

Sea lo que sea por Virtudes

LUCY RODRÍGUEZ

Martes 7:45 A.M.

Jacqueline toca tu puerta, porque ya es hora de que caminen para la parada del autobús.
-Buenos días_____(escribe tu nombre en el espacio) —dijo Jacqueline—. ¿Ya estás lista?
- Si, —contestó — _____(escribe tu nombre en el espacio)
- Pues vámonos. Me alegro, que desde hoy en adelante caminemos juntas hacia la parada del autobús. Se que no conoces mucho sobre mí, pero voy a aprovechar la oportunidad mientras caminamos de hablarte sobre una persona que ha sido de mucha bendición para mí. Ella es mi mentora y su nombre es Virtudes de Reyes Joyas, pero todos le llaman La Señora Virtudes. Hace un tiempo que me hice miembro del *Club Mujeres Excelentes*.

El ser miembro del club me ha ayudado mucho porque La Señora Virtudes nos da enseñanzas acerca de cómo crecer y convertirnos en mujeres sabias, virtuosas y excelentes a la luz de la Biblia. Todas las miembros del club están encantadas con La Señora Virtudes y dicen que ella es una mujer digna de admiración. Te confieso la verdad, como La Señora Virtudes hay muy pocas, ella es como una piedra de esas que son raras y difíciles de encontrar. La Señora Virtudes es esposa, madre, mentora, empresaria y lo que más me gusta de ella es que tiene un buen sentido del humor, o en pocas palabras es muy cómica. Su esposo, Don Salomón, dice que cuando conoció La Señora Virtudes fue como si hubiese encontrado un tesoro, es más, creo que por eso cuando le habla le dice *tesoro*. También dice que ella siempre le da bien y no mal y que es como un imán para que las bendiciones de Dios continuamente entren a su casa.

Don Salomón cuenta que en el pasado pretendió a algunas señoritas para ver si podía considerarlas para matrimonio y ser la madre de sus hijos, pero su búsqueda terminó cuando conoció a La Señorita Virtudes (así le decían cuando era soltera) y se percató que encontró un tesoro escondido. Así fue como la conoció.

La familia Joyas Preciosas fue invitada por la familia De Reyes Sabio a una cena, la noche antes de que regresaran a su hogar, ya que llegaron al fin de sus vacaciones de verano que pasaron en Santa Cruz de Tenerife en las Islas Canarias. Las madres de las dos familias eran amigas desde que compartían un apartamento para estudiantes de una universidad en Nueva York. Ellas siempre se mantuvieron en contacto, pero hace muchos años que no se veían y como la familia Joyas Preciosas estaban de vacaciones en Santa Cruz de Tenerife aprovecharon la oportunidad para compartir.

Esa fue una noche estupenda porque fue la ocasión en que Don Salomón conoció a la que en aquel entonces le decían La Señorita Virtudes.

Al día siguiente la familia Joyas Preciosas regresó a su hogar en Isla Esmeralda, pero al pasar unos meses Don Salomón y la Señorita Virtudes comenzaron a desarrollar una bonita amistad mediante la comunicación por teléfono y por cartas. Poco a poco la relación entre ambos escaló al nivel de romanticismo y se dieron cuenta de que se habían enamorado y por esa razón Don Salomón tomó la decisión de viajar hasta Isla Esmeralda para pedir la mano en matrimonio a los padres de La Señorita Virtudes.

Lo que no sabía Don Salomón era que la Isla Esmeralda está ubicada en una parte remota del mundo en donde es difícil llegar y cuando comenzó los preparativos para su viaje se encontró con muchas sorpresas y dificultades para poder llegar hacia donde vivía su amada. La primera dificultad que tuvo Don Salomón fue que las líneas aéreas más populares no tenían vuelos para Isla Esmeralda, pero eso no lo intimidó, ya que por volver a ver a La Señorita Virtudes, el hacia lo que fuera necesario y siempre decía entre sí: *"sea lo que sea por Virtudes"*. Así que mientras investigaba cual línea viajaba a Isla Esmeralda, un amigo le dijo de una compañía privada de *jets* que se dedicaban a llevar pasajeros allí. Como era una línea aérea exclusiva, el pasaje le costó $3,000.00 ida y vuelta. El día del viaje le tomó al *jet* ocho horas de vuelo, y cuando aterrizó, no lo hizo en Isla Esmeralda sino en Isla Verde, para entonces hacer una conexión en barco y llegar donde anhelaba.

Tan pronto Don Salomón bajó las escaleras del *jet*, lo esperaba un Jeep que lo iba a llevar hacia el barco de conexión. Él creía que el viaje en el barco duraría menos de una hora, pero para sorpresa el chofer le dijo que tomaría cinco horas. Pero eso tampoco le molestó, solo decía entre suspiros: "*sea lo que sea por Virtudes*", aunque ya se sentía un poco agotado.

Cuando llegaron al puerto tuvo el inconveniente de abordar el barco porque le informaron que se le había descompuesto una de las turbinas y que la reparación duraría tres días. Así que Don Salomón no tuvo más remedio que hacer una reservación en el hotel más cercano de aquella región. Cuando regresó al Jeep para que el chofer lo llevara al hotel, éste le dijo que no lo podía llevar. La razón fue que la carretera que se dirigía hacia el hotel estaba siendo limpiada, porque en la noche anterior hubo un deslice de tierra en el monte que le quedaba al lado y ahora estaba intransitable. El chofer le dijo que la única forma en que se podía llegar al hotel era a pie y a través de un viejo camino por el monte y que le

tomaría una hora y media. ¿Qué tuvo que hacer Don Salomón? Pues irse a pie por el camino que le señaló el chofer.

El camino por el monte fue muy difícil para Don Salomón, ya que nunca había caminado por un monte y para más, tuvo que cargar sus dos maletas, una con su ropa y la otra que estaba llena de regalos para su amada, y claro, también con regalos para sus futuros suegros. Tampoco Don Salomón estaba vestido apropiadamente para una caminata por el monte y a la media hora de estar en la ruta, los zapatos nuevos que había comprado para usarlos en uno de sus viajes más importantes, le comenzaron a molestar y se le comenzaron a formar ampollas en los pies. Los mosquitos lo picaron cientos de veces, ya que Don Salomón no cargaba con repelente, así festejaron en el cómo en un banquete. Fue tan terrible el picor, que cada vez tenía que hacer pausas en su trayecto para rascarse hasta que le salió sangre. Esas pausas para cruzar por el monte le tomó más tiempo. Otra cosa que le fue bien difícil, es que no cargaba con agua y la sed que tenía mientras cruzaba por el camino del monte era desesperante.

Cuando por fin llegó al hotel, sudado, cansado, con la lengua por fuera por la sed, cubierto de sangrantes picaduras de mosquitos, y sin zapatos (ya que el dolor de las ampollas era terrible y se los tuvo que quitar), se acercó a un viejo escritorio de servicio al cliente del hotel, pidió su habitación por los próximos tres días.

Al segundo día en que él estaba hospedado en el hotel recibió la confirmación que el barco zarparía para Isla Esmeralda el próximo día. Así que como todavía no habían terminado de limpiar la carretera del desliz de tierra, Don Salomón tuvo que volver a tomar el mismo camino por el monte bajo mejores circunstancias, porque el encargado de servicio al cliente fue muy amable y le dio a Don Salomón unas chanclas, ya que no podía ponerse sus zapatos por motivo de las ampollas en los pies. También le asignó un ayudante para que le cargara una de las maletas, le proveyó de repelente para los mosquitos y varias botellas de agua. Don Salomón llegó al puerto y subió a bordo al barco que lo llevaría hacia su amada. Al cabo de cinco horas el barco llegó al puerto de Isla Esmeralda en donde lo esperaban La Señorita Virtudes junto a sus padres. Cuando lo vieron casi no reconocían, porque llegó con la cara hinchada por las picaduras de los mosquitos, y en chanclas con los pies llenos de ampollas. Pero eso sí, nadie le quitaba la sonrisa de muela a muela, al ver con sus ojos a La Señorita Virtudes.

Después que La Señorita Virtudes y sus padres recibieron a Don Salomón, lo llevaron al médico de la familia para que le ayudara con las picaduras de los mosquitos y las ampollas. Cuando

salieron del consultorio médico lo llevaron a la casa del pastor Johnny y la pastora Rosa en donde se hospedaría, y al siguiente día Don Salomón habló con los padres de La Señorita Virtudes para pedir su mano en matrimonio.

Claro que cuando Don Salomón nos contó la historia en una de las reuniones del *Club Mujeres Excelentes* lo hacía entre carcajadas y hasta nos enseñó algunas marcas, que como él dice, los mosquitos fieras le dejaron en los brazos. Cuando terminó de hacernos el cuento nos dijo que lo importante de lo que nos contó fue que a pesar de que pasó mucho trabajo para llegar a Isla Esmeralda para pedir la mano de La Señorita Virtudes, valió la pena, y si lo tenía que volver a hacer, otra vez lo haría, porque "*sea lo que sea por Virtudes*".

Bueno ya llegamos a la parada pero antes que entremos al autobús me gustaría invitarte a tomar un cafecito en Café Chaniluz, ¿Te parece bien mañana miércoles a eso de las 3:30?" —*Preguntó Jacqueline*—."Claro que sí, me encantaría". Contestó_____(escribe tu nombre en el espacio)

CAPÍTULO 2

Café Chaniluz

LUCY RODRÍGUEZ

Miércoles 3:30 P.M.

Las dos jóvenes se encuentran en Café Chaniluz:

¡Hola!_____(escribe tu nombre en el espacio) gracias por aceptar mi invitación, por favor toma asiento y claro que yo invito, así que vamos a ordenar los cafés. En el menú hay diferentes tipos y cada uno es servido en combinación con su merienda. Yo voy a pedir mi favorito, un café con leche con una pizca de nuez moscada. —*Dijo Jacqueline*— ¿Y tú cuál café prefieres? —Preguntó—.

Yo prefiero el de_____(escribe el café que te gusta) —Contestó— _____ (escribe tu nombre en el espacio).

Mientras esperamos la orden quiero seguir contándote de mi fabulosa mentora y ahora amiga, La Señora Virtudes. Ella es una bella persona y tiene como un tipo de magnetismo para la gente. Cuando entra en algún lugar nunca pasa por desapercibida, ya que todos aquí en esta parte de la ciudad la conocen. Una de las tantas cosas de ella es que es una persona cordial con los demás y tiene la capacidad de hacer sentir importante a todo el que platica con ella.

¿Sabes por qué me fascina venir a Café Chaniluz? —*continuó hablando Jaqueline*—, porque además de que preparan los más ricos cafecitos, fue aquí que conocí a La Señora Virtudes por primera vez en persona, aunque ya mis amigas me habían hablado de ella y me habían invitado al club. Ese día fue una intervención divina para mí, ya que fue un día en que gracias a las palabras sabias que me dijo mi vida pudo dar un giro.

Recuerdo que ese día yo estaba sentada en la mesa que queda en la esquina de atrás, y estaba llorando porque una persona a quien yo quería me había tratado muy mal. Mientras lloraba desconsoladamente pude escuchar el sonido de la campanita que tiene la puerta (para avisar que alguien entró al establecimiento). Recuerdo que tras el sonido de la campana pude percibir una agradable fragancia de flor de Nardo que disipó el fuerte aroma de los cafés que se preparan aquí. La fragancia del perfume era tan agradable que tuve que buscar de dónde venía hasta que supe que el aroma salía de una dama que acababa de entrar a Café Chaniluz. Esa dama era La Señora

Virtudes y tengo un retrato muy claro en mi mente de ese momento.

Ella estaba vestida con un hermoso vestido color púrpura, con una rosa amarilla en su sombrero. Los zapatos que llevaba puestos hacían juego con la cartera de la línea Jin Sofía, de París en color crema. Llevaba la cartera en su hombro derecho y cargaba su maletín en su mano izquierda. Tan pronto como entró, se dirigió a la mesa que tenía reservada y que precisamente quedaba al lado de la mía. Mientras acomodaba suavemente su cartera y maletín en la silla opuesta a la que ella se iba a sentar, La Señora Virtudes me miró y me dio su cálida sonrisa, luego abrió su cartera, para buscar algo, y del interior sacó un pañuelo bien planchadito y perfumado con el aroma de su perfume. Luego se acercó hacia mí para introducirse, me preguntó cual era mi nombre y me dijo que me regalaba su pañuelo para que me secara las lágrimas, pero yo le dije que no se molestara, porque me estaba secando con la servilleta, además no quería dañar su lindo pañuelo con el embarre de maquillaje que tenía en la cara. Ella me dijo que no me preocupara por el pañuelo porque de dónde venía habían muchos más y como insistió con tanta ternura, lo tomé para secarme las lágrimas.

Quedé tan impresionada de la suavidad del pañuelo, que le pregunté en dónde lo había comprado. Ella me dijo que es parte de la línea de pañuelos que eran fabricados en su taller. Después que me terminé de secar las lágrimas, sentí una linda conexión con La Señora Virtudes y me sentí muy cómoda y en confianza con ella. Me preguntó que si le podía decir qué era lo que me causaba tanto llanto y dolor para ver si le era posible ayudarme. Como me sentía tan bien con ella, no me quedó la menor duda de que podía abrir mi corazón para que diera un vistazo al dolor que llevaba en mi interior. Claro que también me sentí en confianza porque mis amigas habían hablado muy bien de ella.

LUCY RODRÍGUEZ

CAPÍTULO 3

La Piña Colada Agria

Miércoles 4:00 P.M.

Jacqueline continúa contando su primer encuentro con La Señora Virtudes en Café Chaniluz. Dijo: Esto fue lo que le conté a La Señora Virtudes la primera vez que hablamos:

Conocí a un hombre que por no mencionar su nombre le diré El Mr. (mister), el cual al parecer era un hombre serio. Lo conocí porque ambos éramos parte de la junta directiva de la comunidad. Él siempre me saludaba y era muy amable conmigo, hasta que un día me invitó a tomar una piña colada. Ese día cuando fuimos por la bebida, me comunicó que quería conocerme más, porque le interesaba como pareja. No te lo voy a negar, El Mr. era un hombre muy atractivo, pero lo más que admiraba de él era que parecía ser un hombre serio, por lo que dije que sí a su petición.

Al principio de la fase de conocernos, El Mr. me llamaba mucho por teléfono y me hacía numerosas preguntas sobre mí. De vez en cuando me invitaba a cenar a restaurantes, regalaba flores y daba obsequios. El Mr. era muy atento y caballeroso conmigo, más de lo normal. Como me gustaba el buen trato que me daba, comencé a enamorarme y cuando me pidió que fuera su novia, acepté su propuesta. Pasaron varias semanas de ser novios, pero algo raro sucedía, cuando estábamos los dos en los mismos lugares el hacía dos cosas que me molestaban: La primera, me ignoraba totalmente cuando estábamos en público, y la segunda, era demasiado risueño y coqueto con las mujeres, algo que yo no me había dado cuenta anteriormente cuando todavía no habíamos comenzado nuestra relación.

Recuerdo que actuaba como si fuera una celebridad, rodeado de mujeres, en el medio gozando de la atención. Yo cometí el error de permitir que me ignorara en público y que coqueteara con otras mujeres en mi propia cara, porque cuando le reclamaba me decía que no lo iba a hacer más y yo le creía. Cuando uno está ciegamente enamorado quiere creer a la otra persona y esa fue mi falla.

Seguí con él en la relación porque lo quería demasiado. Pasó el tiempo y seguía con lo mismo y como una tonta miraba para el otro lado cuando lo hacía y se lo dejaba pasar en el momento, porque no tenía control de la situación. Pero después se lo reclamaba y le decía que si seguía tratándome de esa forma terminaríamos la relación de novios. Pero tenía una labia de palabras que me convencía para que siguiese con él. No sé porque seguía en esa relación, parecía que me tuviese bajo un encanto.

Solo sé que no podía vivir sin él y me conformaba con las migajas del supuesto amor que decía que me tenía. Ahora me doy cuenta de lo tonta que fui al permitir que jugara con mis sentimientos de esa forma. El, un verdadero especialista en la manipulación, logró que me obsesionara cada vez más. El Mr. me decía que quería casarse conmigo y hasta me llevó a ver casas con miras de comprar una para cuando nos casáramos. Me tenía tan convencida que todo se lo creía.

El tiempo que tuve con él, en mi interior sentía que emocionalmente estaba en una montaña rusa, una temporada feliz y otra triste, porque un tiempo era cálido, atento y cariñoso y por otro y sin ninguna razón se distanciaba y dejaba de llamarme. En pocas palabras El Mr. se desaparecía como un fantasma y después aparecía en escena como si nada hubiera pasado.

Otra cosa que también me traía mucha confusión era que por un tiempo quería que nos casáramos y en otro no quería estar conmigo. Este sube y baja en la relación, más el trato que él tenía hacia mí, comenzó a producir turbulencia y sufrimiento. No tenía paz porque vivía con incertidumbre, ya que en cualquier momento esperaba que diera uno de sus cambios abruptos.

Nunca en la vida había experimentado una relación tan turbulenta. Lo que me motivó a quedarme en la relación era el aferrarme a la esperanza de que él cambiaría, se estabilizara emocionalmente y que las cosas fueran normales, como debían ser en una relación de pareja cuando las personas se quieren. Después de unos seis meses me enteré que me era infiel con otra mujer a quien yo conocía, y por esa razón terminé la relación con él. Esa ruptura me causó una terrible agonía, porque para mí él se había convertido en una adicción. Recuerdo que lo tenía en la mente desde que abría los ojos por la mañana hasta que lograba dormirme, ya para las dos de la madrugada. Me dio insomnio, se me cerró el estómago y perdí el apetito; cada vez me daban unos llantos incontrolables y no sabía cómo estar sin él, por eso cuando me pidió perdón y una segunda oportunidad, se la di.

Comenzamos de nuevo, pero ya no confiaba en él y por eso tuve que terminar eso para siempre. En el tiempo que estuvimos juntos, viví en un caos emocional, hasta comencé a tener episodios de ansiedad, lo que nunca me había pasado antes. Me sentía amargada e infeliz. Solo han pasado tres meses desde que lo dejé permanentemente y todavía tengo episodios de llanto, porque aún siento que estoy en un torbellino emocional y me siento muy triste.

Cuando terminé de contarle mis penas a La Señora Virtudes, con mucha ternura agarró mis manos, me miró fijo a los ojos y me dijo que le diera gracias a Dios por darme la fuerza de salir de una relación con ese tipo de persona. Me dio curiosidad y le pregunté qué quería decir con "ese tipo de persona". Me explicó lo siguiente: "según lo que me has contado, puedo decir con certeza que estabas en una relación con un hombre tóxico. Una persona tóxica no es empática, y está falta de sensibilidad a los sentimientos de los demás. Por esa razón es que, aunque él te faltaba el respeto y sabía que te hería cuando te ignoraba en público para irse a coquetear con otras mujeres, lo seguía haciendo. No le importaba que sufrieras, al contrario, en su interior le fascinaba que sufrieras por él.

El hombre tóxico es una persona llena de veneno, va por la vida buscando y es atraído por mujeres que están sedientas y desesperadas de amor, cariño y atención, aquellas que son presa fácil para poder enamorarlas, entretenerlas, destruirlas y manipularlas a su antojo; siempre con la intención de cortar la relación y seguir con la próxima víctima. Por eso es por lo que al principio te hizo muchas preguntas sobre ti para saber cuáles eran tus puntos débiles, tus necesidades emocionales para suplirlas, pero con el objetivo de moldearte a su antojo y que te vuelvas adicta a él. El hombre tóxico tiene mucho carisma y es un rey en el trato a la mujer, claro que solo es al principio de la relación. Pero si miras su historial de relaciones amorosas te darás cuenta de que todas sus relaciones fueron cortas porque va de mujer en mujer; como dicen por ahí, es un picaflor y a casi todas las deja heridas. El hombre tóxico es inestable emocionalmente, y en vez de brindarte seguridad, lo que te brinda es incertidumbre, por eso es que usa la táctica de acercarse por un tiempo mostrándose cálido, amoroso y atento, pero de momento se desaparece sin avisar y así se aleja. Cuando hace esto él se convierte para ti como una droga y tienes el sentido de abstinencia, así como cuando una persona tiene una adicción. Por eso es que cuando se aleja sientes que no puedes vivir sin él, y vuelves a aceptarlo en tu vida cuando aparece. Eso no es una relación saludable, ni normal, es una relación tóxica.

Lamentablemente el hombre tóxico no tiene la capacidad de amar verdaderamente, y cuando dice que te quiere, te miente. No es lo que aparenta ser, y siempre lleva puesta una máscara. Por fuera es una cosa, pero por dentro es otra.

Cuando su pareja del momento (porque cambian mucho de pareja) comienza a darse cuenta de quien realmente es y a reclamarle por el maltrato, entonces la deja porque ya no puede seguir con su fachada de Mr. Estupendo.

Por eso es por lo que al principio de la relación hace lo que se llama bombardeo de amor, donde te muestra que está locamente enamorado de ti; Te llama mucho, te da mucha atención, te dice que te quiere y hasta ofrece matrimonio demasiado rápido. Todo lo que hace para contigo es muy exagerado para una nueva relación, lo hace porque cuando comienza con una nueva pareja, él se siente lleno de emoción por ti, así como cuando un globo está repleto de aire, pero después el globo se vacía, así el hombre tóxico se va vaciando de interés por ti. Por eso te deja, pero no sin antes destruirte emocionalmente. Es una persona inestable y por eso no puede ofrecer estabilidad en ninguna relación y aunque encuentre a una mujer maravillosa y buena no se sentirá conforme.

Detrás de un hombre tóxico y de su máscara, hay una persona herida, vacía y sin la capacidad de amar, que necesita confrontarse consigo mismo, sanar sus heridas y dejar salir todo el veneno y la toxicidad que lleva por dentro.

Tú tienes la dicha de que, aunque tenías sentimientos sinceros hacia él, tuviste la fuerza y el valor de terminar esa relación. Te voy a decir algo que sé que te va a ayudar en la jornada de tu recuperación emocional: cuando te enamoraste de él, te enamoraste de la idea de lo que creías que era él, del hombre que él te hizo creer que era, un hombre serio. Lo que resultó ser lo contrario, porque de serio no tenía nada.

Lo de ustedes no era un verdadero noviazgo, él te tenía entretenida con la fantasía de un noviazgo hasta que se cansara de ti. Por eso coqueteaba con las mujeres para mantener las opciones abiertas de la próxima víctima. Un novio que te quiere te respeta y te da el lugar que te mereces. Cuando un hombre tiene buenas intenciones contigo y te ama, hace todo lo posible por darte felicidad y no lágrimas. Así que, aunque sé que llorarás por un tiempo por la decepción, trata de dar gracias a Dios porque hoy eres libre de esa relación tóxica en la que estabas. Ahora eres libre de mayores sufrimientos en el futuro, con el hombre a quien le llamaré Mr. Tóxico. Dios te libró del lazo del cazador porque no te enlazaste con él en matrimonio".

La verdad que no lo había visto de esa forma y nunca imaginé que estaba en una relación tóxica —*dijo Jacqueline*—. A lo que La Señora Virtudes añadió:

"Jacqueline, te he dicho todo esto para abrirte los ojos y para que puedas comenzar a ver las cosas como son en realidad. Ahora tienes que enfocarte en el presente y en tu porvenir. Te recomiendo que tengas un diario personal y antes de comenzar a escribir tus vivencias, sueños, metas, sentimientos y todo lo que quieras escribir, te voy a dar dos ejercicios que te ayudarán, el primero para que veas visualmente todo lo maravilloso que tienes.

En el ejercicio número uno, en una página de tu diario haz una lista de todo lo bueno que tienes, esto te ayudará a recordar de forma visual y a poder ver las muchas cosas por la cual puedes estar agradecida, como por ejemplo la buena salud, la vida, tu familia, trabajo, tus buenas cualidades, virtudes, etc. Como sé que necesitas ser sanada de la herida que recibiste por estar involucrada en una relación tóxica, te voy a dar ahora el segundo ejercicio que te será de mucha ayuda y puedas reflexionar sobre la bendición de haber sido rescatada de antemano de las garras de un hombre que nunca te brindará lo que te mereces como mujer, que es ser valorada, amada, respetada, y cuidada. En una página de tu diario a la mano derecha pondrás por título: Mr. Tóxico, y debajo del título haz una lista de todas las formas en que que Mr. Tóxico te maltrató y la forma en que te hizo sentir. Esto te ayudará a poder analizar que en realidad que él no era el hombre que te convenía y también podrás ver que aquel que te causa incertidumbres y sufrimientos no te merece. En la parte izquierda de esa misma página harás otra lista, pero a esta lista le pondrás por título Mr. Sano y en la lista escribiras sobre todo lo contrario del trato que te dio Mr. Tóxico y además que mereces ser tratada como una persona de mucho valor. Este segundo ejercicio te ayudará a que antes de involucrarte románticamente en una relación estés pendiente de las banderitas rojas que son los comportamientos y actitudes que las personas dejan escapar bajo diferentes situaciones. ¿Has visto alguna vez que cuando un producto es venenoso tiene en la etiqueta el símbolo de veneno? El que tiene dibujado con letras negras una carabela con unos huesos cruzados, y la palabra veneno. Pues según puedas dibujarlo, con un marcador traza ese símbolo por encima de la lista de Mr. Tóxico para que no vuelvas a permitir que tu corazón se abra para alguien que sea venenoso para ti y te cause sufrimientos".

Cuando La Señora Virtudes me dio esos consejos, concebí alivio en mi pecho porque por fin me sentí consolada, la esperanza y la paz regresaron a mi corazón. Con las palabras sabias que ella me dijo pude ver las cosas en la perspectiva de la realidad, que el Mr. Tóxico no me convenía, no me merecía y que lo mejor que hice fue terminar aquella relación tóxica y turbulenta que tenía con él.

Cuando La Señora Virtudes vio que logró tranquilizarme, le pidió a la servidora que por favor le trajera el café a mi mesa, para así quedarse conmigo y acompañarme. Nos tomamos los cafecitos y la pasamos muy bien, hasta nos reímos bastante, algo que no hacía desde hace mucho tiempo. Al llegar la hora en que ambas teníamos que regresar a nuestras respectivas rutinas del día, La Señora Virtudes me extendió una invitación para que asistiera a la próxima reunión del *Club Mujeres Excelentes*, que se reúne en su casa mensualmente. Me dijo que las enseñanzas del club son con bases bíblicas, ayuda a que los miembros puedan alcanzar su máximo potencial en las diferentes áreas de sus vidas, y da herramientas de sabiduría práctica para el diario vivir. El club se constituye con mujeres y señoritas de dieciocho años en adelante, y como ya tengo más de dieciocho, ni tan siquiera lo pensé dos veces, y acepté la invitación.

Ejercicio #1

Termina de llenar la página de todo lo bueno que tienes:

1. ¡La Salud!
2. ¡La vida!
3. ¡Mi Familia!
4. _____
5. _____
6. _____
7. _____
8. _____
9. _____
10. _____
11. _____
12. _____

Ejercicio #2

Mr. Tóxico	Mr. Sano
Me maltrata	Es amable
Me miente	Es honesto y sincero
Me ignora	Es atento comigo

Cuando termines la lista de Mr. Tóxico le haces por encima el símbolo de veneno.

CAPÍTULO 4

Edifica tu Casa

Miércoles 4:30 P.M.
Todavía Jacqueline y tú se encuentran en Café Chaniluz:

Jacqueline preguntó: ¿Te parece bien seguir platicando con un segundo cafecito? _____ (¡responde si!)

Bien, pues ordenemos otro. —*Continuó Jacqueline*— Mientras nos traen el café, aparte de que ya te conté como fue mi primer encuentro con La Señora Virtudes, me gustaría compartir contigo algunas cosas que he aprendido en el *Club Mujeres Excelentes* que dirige La Señora Virtudes. En la reunión pasada la enseñanza fue bajo el tema: La Mujer Sabia Edifica su Casa. La Señora Virtudes comenzó la lección con la pregunta:

¿QUÉ ES UNA MUJER SABIA?

Respuestas:
"Una mujer inteligente", contestó Nancy.
"Una mujer que lee mucho", contestó Carol.
"Una mujer que estudia en la universidad", contestó Loyda.
"Una mujer que piense antes de hablar", contestó Evelyn.
"Una mujer que tiene control de su temperamento", contestó Merari.

"Una mujer que aplica lo que aprende", contestó Gaby.
"Una mujer que planifica y es organizada", contestó Yanina.
"Una mujer que es centrada", contestó Ada.
"Una mujer…"
"Una mujer…"

Todas contestaron muy bien a la pregunta y luego La Señora Virtudes nos dijo que una mujer sabia, que edifica su casa, es una que es prudente, sensata, y que presta atención a lo que tiene y de qué manera lo puede mejorar. Es industriosa y diligente en el manejo de todos los asuntos que están bajo su responsabilidad en el hogar. Es diestra en una excelente mayordomía causando como resultado que todos los asuntos de su hogar sean atendidos eficazmente. Ella con su sabiduría edifica, próspera y enriquece su casa y es de bendición a los miembros de su familia. Sabe dar consejos sabios cuando su familia los necesita y los guía por el sendero correcto en que deben de andar. En su hogar ella es como el sol radiante que se asoma al amanecer, alumbrando las vidas de sus seres queridos y llenando su hogar de luz y calidez. Ella edifica y no destruye. Edificar lo podemos asociar con construir el establecimiento de algo o infundir en personas valores y principios. Como saben en esta enseñanza cuando uso la palabra edificar me refiero a la edificación de personas.

LUCY RODRÍGUEZ

¿Por qué la importancia de que una mujer sea sabia en la edificación de su casa? (cuando hablamos de su casa se refiere a su familia) Porque si es sabia le transmitirá sabiduría y el temor de Dios a su familia. La Biblia dice en Proverbios 1:7: *"El principio de la sabiduría es el temor de Jehová; Los insensatos desprecian la sabiduría y la enseñanza"*. Temor a Dios no es tenerle miedo, sino reverenciarlo, admirarlo y respetarlo. La verdadera sabiduría fluye en una persona cuando teme a Dios. Cuando reverenciamos a Dios, nos sometemos a su voluntad, la cual está en su Palabra, que nos guía por el camino correcto. La Palabra de Dios es el manual de la vida. *"Toda la Escritura es inspirada por Dios, y útil para enseñar, para redargüir, para corregir, para instruir en justicia, a fin de que el hombre de Dios sea perfecto, enteramente preparado para toda buena obra"*. (2 Timoteo 3:16-17). Una mujer que teme a Dios siempre buscará agradarlo y conocer su voluntad mediante su Palabra.

Así que mientras más se nutra de la Palabra de Dios, más sabiduría obtendrá y más sabiduría podrá enseñar a sus hijos. Invertir tiempo escudriñando las Escrituras, es aprender lo que Dios mismo nos revela. Él es quien enseña sabiduría y conocimiento mediante su Palabra. La Palabra de Dios nos conduce al camino correcto. La madre y el padre solo pueden enseñar a sus hijos lo que saben, por eso adquirir sabiduría es necesario.

Al final de la clase La Señora Virtudes nos habló de una de las parábolas que dijo Jesús para enseñar a sus discípulos la importancia de edificar sobre el fundamento de las Sagradas Escrituras. Antes de decir la parábola, Jesús dijo que cualquier persona que escuche la Palabra de Dios y la haga suya es alguien prudente. Una persona prudente piensa de antemano sobre los riesgos que pueden ser posibles como resultado cuando hace alguna actividad y si cree necesario, hace cambios para no perjudicarse a sí mismo ni a otros. Es una persona que cuando habla o actúa lo hace con cautela, moderación y es precavida para evitar daño en su vida y en la vida de los demás. La prudencia es una virtud de mucho valor y el que la tiene se conduce por la vida sabiamente. Cuando hacemos y obedecemos la Palabra de Dios somos personas prudentes. Esta es la parábola:

Cualquiera, pues, que me oye estas palabras, y las hace, le compararé a un hombre prudente, que edificó su casa sobre la roca. Descendió lluvia, y vinieron ríos, y soplaron vientos, y golpearon contra aquella casa; y no cayó, porque estaba fundada sobre la roca. Pero cualquiera que me oye estas palabras y no las hace, le compararé a un hombre insensato, que edificó su casa sobre la arena y descendió lluvia, y vinieron ríos, y soplaron vientos, y dieron con ímpetu contra aquella casa; y cayó, y fue grande su ruina. Y cuando terminó Jesús estas palabras, la gente se admiraba de su doctrina; porque les enseñaba como quien tiene autoridad, y no como los escribas. (Lucas 6:46-49).

La Señora Virtudes nos dijo que Jesús en esta parábola hace una comparación de dos tipos de personas, uno es un hombre prudente porque al escuchar la Palabra de Dios la obedece y tiene como resultado de su obediencia una casa edificada con firmeza e indestructible. El otro hombre es insensato, que también escucha la Palabra de Dios, pero no la obedece y el resultado es la ruina de la casa que edificó. Insensato quiere decir tonto o necio y no en referencia a la capacidad mental sino a cuando una persona desprecia la razón y su proceder en la vida, es en contra de las normas de Dios. El que procede así al final le irá mal. En la Biblia hay muchos ejemplos de personas que eran insensatos y a todos les fue mal. Cuando una persona no tiene a Dios en cuenta, ni obedece su Palabra es considerada como necia: *Dice el necio en su corazón: "No hay Dios. Se han corrompido, hacen obras abominables; No hay quien haga el bien".* (Salmo 14:1). Escojamos ser sabias porque la sabiduría edifica, pero la necedad derriba. *"La mujer sabia edifica su casa; más la necia con sus manos la derriba".* (Proverbios 14:1).

CAPÍTULO 5

La Esposa no es Sirvienta, es Como las Costillas

LUCY RODRÍGUEZ

Miércoles 5:00 P.M.
Todavía Jacqueline y tú se encuentran en Café Chaniluz.

Jaqueline dijo:

Bueno, ya no puedo tomarme otro café porque quiero dormir como un bebé esta noche. Pues ya nos podemos ir y mientras caminamos te quiero hablar de otra de las enseñanzas dadas por La Señora Virtudes que aprendí en el *Club Mujeres Excelentes*. Esta enseñanza es para aquellas que son esposas y para las aspirantes al matrimonio. El tema de la charla fue uno muy peculiar:*La Esposa no es Sirvienta, es Como las Costillas*.

Al comienzo de la enseñanza, La Señora Virtudes nos dijo:

Les voy a describir unas imágenes de una esposa que encontré anoche en el internet cuando le daba los toques finales a la enseñanza de hoy. Lo primero que me di cuenta fue que todas las imágenes o dibujos que encontré, las mujeres tenían puesto delantales.

Imagen #1

La esposa tenía su bebé cargado con esos pañuelos de cargar bebés y tenía seis brazos. Con una mano usaba la computadora portátil, con otra estaba cocinando panqueques, con otra pasaba la aspiradora, con otra estaba aguantando el biberón del bebé que estaba llorando, con otra contestaba el teléfono que sonaba y con otra cargaba las compras del supermercado. Para añadir más a sus tareas también tenía un gato al lado que esperaba ser atendido por ella. Su cabello lucía bien peinado y su rostro muy maquillado. Todo esto lo hacía con una gran sonrisa.

Imagen # 2

La esposa estaba en la cocina parada al lado del fregadero y sostenía en su mano derecha el cepillo para cepillar las tres ollas que estaban arriba del mostrador. El fregadero estaba inundándose porque la llave del agua estaba abierta. A su lado derecho tenía un perro brincando muy contento y buscando jugar con ella pero ella no podía hacerle caso. Del techo descendía una araña hacia las ollas sucias a la cual la esposa miraba con espanto. En la mano izquierda aguantaba a su bebé que estaba gritando a todo pulmón y en su lado izquierdo había un cubo de agua volteado con el agua derramada. Tenía su cara muy bien maquillada, su cabello castaño bien peinado, pero el rostro de ella estaba en shock.

Imagen #3

La esposa tenía seis brazos. Con una mano sostenía el teléfono celular, con otra mano usaba la computadora portátil, con otra mano aguantaba el maletín del esposo, con otra mano sostenía una bandeja de cena con su tapa , con otra mano sostenía una canasta de alimentos porque fue al supermercado y con otra mano sostenía a su bebé que estaba llorando. Estaba bien maquillada y peinada y su rostro lucía relajado.

Las tres imágenes que les mostré tienen dos cosas en común: La primera es que las tres esposas hacían varias cosas a la vez, y la segunda es que hacían todo solas. ¿Qué mensaje dan las imágenes que les describí? Que la función de una esposa es ser únicamente ama de casa. Claro que hay que cuidar de nuestros hogares y familia pero la función de esposa va más allá de los deberes del hogar.

Leamos el plan original de Dios para la esposa, la cual fue Eva la primera mujer:
"Y dijo Jehová Dios: No es bueno que el hombre esté solo; le haré ayuda idónea para él". (Génesis 2:18).
"Entonces Jehová Dios hizo caer sueño profundo sobre Adán, y mientras este dormía, tomó una de sus costillas, y cerró la carne en su lugar. Y de la costilla que Jehová Dios tomó del hombre, hizo una mujer, y la trajo al hombre". (Génesis 2:21-22).

El primer hombre, Adán, tenía una necesidad que Dios urgentemente suplió, la de una ayuda idónea. ¿Qué es una ayuda idónea? Esto ha sido distorsionado y mal entendido, por consecuencia muchos tienen un concepto equivocado de lo que es la función de una esposa disminuyendo su rol a un nivel bajo. Ese concepto equivocado lo pudimos observar en las imágenes que les describí anteriormente, las que muestran a la esposa como una sirvienta subordinada (posicionada ocupando una clase más baja, rango o posición inferior sumisa, para que sea controlada por una autoridad). Dios no diseñó a la mujer para que fuese vista y tratada en forma inferior en el vínculo de su hogar.

El mal entendido de las palabras ayuda idónea ha causado mucho sufrimiento en las mujeres por la sociedad en que viven, causándoles baja estima, se sienten exhaustas físicamente y por consecuencia muchas nunca podrían alcanzar ser lo que Dios quiso que fueran desde el principio. El diseño original de Dios para creación de la mujer fue para una posición de valor y de gran importancia.

La palabra ayuda en el hebreo es *ezer* y se refiere a poderosos actos de mayor importancia de rescate y apoyo. Así que la palabra *ezer* en los pasajes bíblicos que les leí se refieren a una ayuda necesaria y poderosa. Muy contrario a como se ha mal interpretado, porque se ignora que una esposa está en el mismo grado de importancia en el hogar que la de su esposo, pero con una función diferente. El esposo y la esposa de igual forma son de suma importancia para el hogar y su vínculo familiar.

Dios vio que Adán necesitaba una *ezer* que se puede definir como una salvavidas. Dios formó a Eva de una de las costillas de Adán, hueso de sus huesos y carne de su carne: *"Dijo entonces Adán: Esto es ahora hueso de mis huesos y carne de mi carne; ésta será llamada Varona, porque del varón fue tomada".* (Génesis 2:23). Eva siendo sacada del cuerpo de Adán y presentada a él como su esposa, su *ezer,* me inspira a comparar la función de una esposa como la función de las costillas.

¿Cuál es la función de las costillas? Las costillas, junto con el esternón, forman un entramado de huesos conocido como caja torácica, cuya función principal es proteger los órganos más importantes como el corazón y los pulmones, para resguardarlos del peligro, y sirve de soporte a todo el cuerpo.

Al comparar una esposa con las costillas, nos dice que una esposa tiene una función como *ezer* al lado de su esposo de proteger y de ser soporte para su esposo y su familia.

Para las aspirantes al compromiso del matrimonio es sabio entender sus futuras funciones de protección, soporte y muchas otras más dentro del vínculo de sus futuros hogares. Su posición será de alto nivel y de mucho valor. A la hora de aceptar una oferta de matrimonio

deben tener bien claro el nivel de estima en que sus futuros esposos la tendrán como mujer y su *ezer*. Ya que de su nivel de estima hacia la mujer dependerá mucho en la forma en que sean estimadas y valoradas. La Biblia dice:
"El que halla esposa halla el bien, y alcanza la benevolencia de Jehová". (Proverbios 18:22). Son dos cosas para el hombre que encuentra una mujer con buenas cualidades de esposa. (Hay mujeres que tienen las cualidades de una esposa y otras no). Cuando estudien el libro de Proverbios verán que habla de las esposas en forma positiva y negativa. Una esposa con cualidades negativas es para su esposo un dolor de cabeza.

¿QUÉ DICE LA BIBLIA ACERCA DE UNA ESPOSA QUE NO TIENE PRUDENCIA?

Dolor es para su padre el hijo necio,
Y gotera continua las contiendas de la mujer.
(Proverbios 19:13)

Mejor es morar en tierra desierta
Que con la mujer rencillosa e iracunda.
(Proverbios 21:19)

*Mejor es estar en un rincón del terrado,
Que con mujer rencillosa en casa espaciosa.*
(Proverbios 25:24)

Una esposa con buenas cualidades es de bendición para su esposo.

¿QUÉ DICE LA BIBLIA ACERCA DE UNA ESPOSA PRUDENTE Y VIRTUOSA?

La casa y las riquezas son herencia de los padres; Mas de Jehová la mujer prudente.
(Proverbios 19:14)

*Mujer virtuosa, ¿quién la hallará?
Porque su estima sobrepasa largamente a la de las piedras preciosas.*
(Proverbios 31:10)

*La mujer sabia edifica su casa;
Mas la necia con sus manos la derriba.*
(Proverbios 14:1)

*La mujer virtuosa es corona de su marido;
Más la mala, como carcoma en sus huesos.*
(Proverbios 12:4)

Un hombre sabio y que puede ver las virtudes de su esposa prudente y virtuosa, la tiene en gran estima y siempre vivirá apreciando toda la ayuda que ella le ofrece. Ya que siempre le traerá bien y no mal. Un esposo siempre debe tratar bien a su esposa y el buen trato comienza desde el noviazgo. Por eso siempre aconsejo a las jóvenes que aspiran al matrimonio a que no se casen a la ligera, que observen bien la forma que el afortunado trata a la mujer. ¿Cómo trata a su madre, y a sus hermanas? ¿Qué dice de las mujeres en general? ¿Cómo trata a las demás mujeres? Antes de aceptar una propuesta de matrimonio estén seguras que el futuro esposo de cada una de ustedes las valoren como mujer, las honren, las respeten y las traten con la dignidad que se merecen.

Para terminar la clase de hoy les quiero hablar sobre un tema que les aconsejo tengan mucho cuidado para que no cometan el error de querer hacer el papel del hombre en su hogar. Este es un gran problema hoy día porque en muchos hogares los papeles están invertidos. Esto causa frustración y confusión dentro de los hogares y sobre todo a los hijos e hijas.

El problema es que hay muchas esposas que quieren llevar los pantalones en la casa, por así decirlo. No dejan que el hombre sea el hombre. Una de las señales de este problema es cuando escuchan a una esposa decir "Yo soy la que mando en mi casa, y se hace lo que yo diga", no sabiendo la gravedad de lo que dice, ya que sus hijas aprenden el mismo comportamiento y los hijos buscarán esposas que le hagan lo mismo.

Una mujer y esposa debe fascinarle que su esposo sea el que lleve los pantalones en la casa, porque así ella puede vivir una vida más placentera y sin tantas preocupaciones, ya que, si alguna decisión que se tomara saliera mal, entonces el esposo es el responsable y no ella. Dejen que las decisiones mayores las tome el esposo, que las responsabilidades principales las lleve el. Que él sea el piloto y ustedes como esposas sean el co-piloto. Cuando algo malo pasa con un avión, ¿acaso no es el piloto y no el co-piloto el responsable? O si algo malo pasa con un barco, ¿acaso es el capitán de la nave y no los asistentes el responsable? No puede haber dos capitanes o dos pilotos. Lleven las responsabilidades que le corresponden, muchas de las cuales son el ayudar al capitán con las grandes cargas de la nave. *Todo esto nos dijo La Señora Virtudes.*

Las jóvenes llegaron al edificio de sus apartamentos. Jacqueline invitó a_____(escribe tu nombre en el espacio) para la próxima reunión al *Club Mujeres Excelentes* que se llevará a cabo mañana día jueves.

CAPÍTULO 6

Fuerza Invencible

Jueves, 5:25 P. M.
Suena el teléfono

—Hola _____ (escribe tu nombre en el espacio). Te llamé para avisarte que ya estoy lista y esperándote en la parte de afuera del edificio", *dijo Jacqueline.* ¿Estas listas? Preguntó.
—Si, contestó _____ (escribe tu nombre en el espacio).
—O.K. entonces voy a llamar un taxi. *Respondió Jacqueline.*

La conversación en el taxi:

Me alegro de que hoy me acompañes a la reunión en la casa de La Señora Virtudes. Cuando lleguemos, lo primero que haremos es compartir un rato con las amigas del club en el área del comedor en donde disfrutaremos de un refrigerio, ya que usualmente La Señora Virtudes acostumbra a recibirnos con una rica merienda antes de la clase. Te fascinarán los aperitivos provistos por el servicio de banquetería local Bocadillos del Cielo que siempre nos sirven con sus delicias. También sé que te fascinará la decoración de la casa. Recuerdo que en una de las lecciones nos enseñó sobre algunas cosas que son importantes para considerar en el momento de la compra de muebles y electrodomésticos para el hogar. Nos enseñó que aun en esa área debemos de ser sabias, y obtener artículos que sean duraderos y de buena calidad. Comprarlos al precio que podamos pagar según el presupuesto y la importancia de cuidarlos para que al pasar el tiempo todavía estén en buena condición. La Señora Virtudes nos explicó su proceso cuando compra artículos electrodomésticos y muebles para su casa. Ella nos dijo que nunca realiza sus compras por impulso, sino que investiga las opciones y compara precios antes de comprar. Cuando ya sabe el precio que quiere pagar entonces va apartando el dinero para comprarlo en efectivo.

Ella considera estas cosas antes de la compra del artículo, una, si es elaborado con materiales duraderos y de buena calidad y que el precio sea razonable para su presupuesto. Lo que ella nos enseñó es que hay que pensar antes de tomar decisiones para comprar cosas y no comprar compulsivamente. La Señora Virtudes nos dijo el dicho: lo barato sale caro, y por ende ella prefiere pagar un poco más por una buena calidad, y así se ahorra futuras facturas en reparaciones. Cuando la calidad es buena, el precio es de acuerdo al valor. Ella usó el ejemplo de su hermoso juego de comedor, lo tiene hace más de veinte años, y ha sido duradero porque fue elaborado en madera de caoba, la cual es considerada como una de las maderas más duraderas y fuertes en resistencia de los elementos externos. Cuando llegues fíjate en los hermosos detalles diseñados en el espaldar de las sillas y en la base de la mesa, los cuales fueron tallados a mano por un ebanista y artista en elaboraciones de diseños en madera. A La Señora Virtudes le gusta la madera de caoba porque es excelente para tallar diseños y sobre todo es resistente a la humedad, a la polilla y nunca se pudre. Es una madera de superior calidad, y por esa razón La Señora Virtudes tomó la decisión de comprar su juego de comedor elaborado en caoba.

Ella nos aconsejó que siempre hagamos las investigaciones necesarias antes de pagar por compras grandes para los muebles del hogar, en sí que sean muebles y electrodomésticos que soporten el pasar del tiempo. En esa misma lección también nos enseñó que los ingresos que entran al hogar son para emplearlos sabiamente y no para derrocharlos en cosas que después hay que estar reemplazando cada vez porque la calidad es inferior y no son duraderos. *Dijo Jacqueline.*

FUERZAS

Jacqueline y _____(escribe tu nombre en el espacio) compartieron con las miembros del club el refrigerio que estaba servido en el lindo comedor de caoba.....luego pasaron a la terraza para la clase.

¡Hola amadas y bienvenidas a nuestra reunión de hoy! —*Exclamó La Señora Virtudes*—. Como saben en las reuniones de nuestro club ustedes serán llenas de sabiduría práctica para que tengan vidas más productivas, felices, plenas y sobre todo para que su relación con Dios sea más profunda cada día más.

En la enseñanza de hoy aprenderemos como ser fuertes en el Señor para no desmayar cuando tengamos que enfrentarnos a los desafíos y los tiempos difíciles que son inevitables en la vida de cada ser humano. Como sabemos la vida nos da sorpresas y recibiremos golpes inesperados, situaciones en las cuales sentiremos la sensación de que estamos en un cuadrilátero, dando y recibiendo golpes. El apóstol Pablo escribió: "*He peleado la buena batalla, he acabado la carrera, he guardado la fe*". (2 Timoteo 4:7). Esta afirmación la dijo siendo un anciano, con toda honestidad, cuando estaba preso y esperando la muerte por martirio. El apóstol fue un guerrero y cumplió su misión de esparcir el evangelio de Cristo y tenía fuerzas de carácter y sobre todo la gracia de Dios a su favor ayudándole continuamente, las cuales le guiaron a persistir y terminar su misión dada por Jesús en el camino a Damasco. Para estar en una batalla, terminar una carrera y guardar nuestra fe total y plena en Dios, y en medio de tantos desafíos nos urge estar equipadas de fuerza para desarrollar resistencia. Las Escrituras nos dicen: *"Forjad espadas de vuestros azadones, lanzas de vuestras hoces; diga el débil: Fuerte soy"*. (Joel 3:10).

Analicemos la palabra fuerza para que podamos comprenderla a profundidad. Les voy a compartir algunos diferentes sinónimos de la fuerza:

Ardimiento, valentía, intrepidez, valor, fogosidad, intensidad, apogeo, ardor, coraje, bravura, audacia, energía, énfasis, poder, viveza, firmeza, constancia, perseverancia, seguridad tenacidad, resistencia, rigidez, solidez, fuerza, potencia, robustez, vigor, soporte, columna.

En las Escrituras hay un texto que muchas veces es mal interpretado: *"Vosotros, maridos, igualmente, vivid con ellas sabiamente, dando honor a la mujer como a vaso más frágil, y como a coherederas de la gracia de la vida, para que vuestras oraciones no tengan estorbo".*(1 Pedro 3:7).

Si se fijan cuidadosamente el texto bíblico no dice que la mujer es el vaso más frágil, sino que es cómo vaso más frágil. En sí la explicación es muy sencilla, no habla de que la mujer está en una posición de inferioridad y de debilidad, sino que se refiere a la debilidad física de la mujer en comparación con la fuerza física del hombre. La mujer es un ser delicado; el hombre en su naturaleza masculina es fuerte y áspero. Recuerdo claramente a un caballero que conocí, el cual era de baja estatura y muy delgado, al parecer daba la impresión de que no poseía mucha fuerza física pero cuando aquel caballero me dio un cordial saludo de mano por poco me rompe los huesos de la mano de tanta fuerza que poseía. Tuve que disimular el gran dolor que sentí en mi mano.

En cambio, la mujer en su naturaleza femenina es más suave y delicada. Así que el hombre debe apreciar esa naturaleza femenina y responder a ella como debe, viviendo con ella sabiamente, reconociendo que no debe esperar más de lo que ella físicamente puede dar. El texto es una advertencia y ayuda a concientizar a que un esposo sea apropiado, tierno y amable con su esposa. Exhorto a que el esposo honre a su esposa reconociendo que ella no es una esclava o está bajo una tiranía. Se le recuerda a los esposos que deben de percatarse que también su esposa es su hermana en Cristo y que aunque a ellos si se les ha dado autoridad en el hogar como cabeza del hogar, espiritualmente las esposas están en una posición de igualdad con ellos con privilegios como ser coherederas de la gracia. Les explico un poco acerca de este texto y les insto a que les enseñen esto a sus hijos varones, para cuando formen sus hogares sean tiernos con sus esposas y no sean ásperos con ellas.

Así que, aunque somos como el vaso más frágil, no quiere decir que no seamos fuertes. La Biblia nos exhorta a que seamos fuertes. Cultivemos como es que podemos ser mujeres con fuerza de carácter para así poseer mayor resistencia, mayores logros, y mayor rendimiento antes los retos que enfrentamos diariamente en la vida. Les daré algunas ilustraciones de mujeres que demostraron distintos tipos de fuerzas de carácter en situaciones desafiantes.

PERSEVERANCIA

Una mujer con perseverancia no se exige a sí misma ser perfecta y se da espacio para cometer errores, ya que tiene el conocimiento que realmente nadie es perfecto y que se puede aprender de los errores.

Ivette es muy talentosa en las manualidades y como le encantaban los productos de baño y cuidado de la piel, decidió elaborar unos lindos jabones para venderlos y crear una fuente de ingreso. Como no sabía hacerlos, Ivette tomó un curso para aprender la técnica de elaborar jabones. Después de terminarlo, a la semana compró los materiales para hacer sus primeros productos. Ivette decidió hacer jabones transparentes y en colores. Ella hizo una orden para encargar los materiales, pidió toda la materia prima y también los ingredientes para los jabones especiales con exfoliantes, los de aroma terapia y los de la hidratación profunda de la piel. Para sus jabones exfoliantes encargó semillas de frutas, avena, coco rallado y café molido. Para los jabones de aromaterapia encargó los aceites esenciales de grado terapéutico; el de lavanda, menta, eucalipto y el de rosa. Para los jabones de hidratación profunda de la piel, encargó aceite de coco, manteca de cacao, aceite de almendra, miel, lejía y manteca de karité.

Ivette tenía la seguridad de que sus jabones iban a ser todo un éxito y que le iba a ir bien en su negocio. Cuando le llegaron las cajas de los materiales, Ivette decidió elaborar el fin de semana sus primeros jabones. Durante toda la semana ella no podía evitar imaginar lo lindo que le resultarían. Por fin llegó el fin de semana y se levantó a las 5:00 A.M. para ponerle manos a la obra.

Ivette trabajó casi todo el sábado en la creación de los jabones y esperó hasta el próximo día domingo para revisar el resultado de su arduo trabajo (los jabones necesitaban 24 horas para curarse). Los jabones lucían lindos en los moldes y parecía que quedaron a la perfección. Ella sacó uno de los jabones para inspeccionarlo, lucía bien, tenía una agradable fragancia y tenía la textura correspondiente. Como era temprano e Ivette acostumbraba a tomarse un baño en la mañana, decidió probar su nuevo producto para ver si hacía el volumen correcto de burbujas y si emitía el nivel de fragancia que correspondía. Ivette se sentía muy emocionada por usar por primera vez su propio producto. Abrió la ducha y entró con su jabón en la mano, era uno de los de aromaterapia con la fragancia de eucalipto.

Lamentablemente cuando Ivette comenzó a pasarse el jabón en su piel dio un grito que parecía que vio a un fantasma. Además, vio como salía la sangre en la parte del cuerpo en donde se había pasado el jabón. ¿Qué sucedió? El jabón al hacer contacto con el agua, cambió de textura y se puso como el vidrio y le raspó la piel hasta hacerla sangrar.

En ese momento Ivette se sintió mal porque había fallado en la elaboración de sus primeros jabones. Pero en vez de darse por vencida, tomó la decisión de intentarlo de nuevo. Sabía que había cometido un error en la elaboración y revisó todas las notas de la clase, el material de apoyo y la lista de todos los materiales que había comprado. en la comparación de los materiales, se dio cuenta de que faltaba uno. Volvió a inspeccionar la caja en donde habían llegado los materiales para ver si por casualidad el ingrediente que le faltaba estaba allí y encontró dos cosas: Una fue que las instrucciones específicas de la compañía donde compró los materiales eran diferentes a las del curso y la otra fue un frasco con un ingrediente ablandador para la mezcla de los jabones. Nuevamente Ivette lo volvió a intentar y elaboró la mezcla de los jabones por segunda vez siguiendo las instrucciones específicas de la compañía y claro, usando el ablandador. Repitiendo el mismo proceso Ivette usó uno de sus jabones en su baño matutino y el jabón pasó la prueba y fue todo un éxito porque le quedaron perfectos.

Ahora Ivette hace sus propios jabones y los vende en ferias, en su propio kiosco, en un centro comercial, y en su tienda en línea. También dona jabones para obras de caridad a programas para mujeres que están en el proceso de rehabilitación de abusos, adicciones y víctimas de tráfico humano. Si Ivette no hubiese perseverado, hubiera perdido la oportunidad de hacer una fuente de ingreso fructífera y de bendecir con sus jabones a obras de caridad.

AUDACIA Y FIRMEZA

Cuando una mujer tiene seguridad en sí misma no le es difícil admitir que necesita ayuda, porque conoce sus debilidades y admite que no tiene la responsabilidad de tener las respuestas a todo.

Sofía, una anciana de 78 años, tenía en el pasado su propio negocio de flanes (Un tipo de postre). A la gente le fascinaban los flanes que ella hacía. Eran de diferentes sabores, de coco, almendra, pistacho, queso y vainilla. Sofía era miembro en su iglesia local Jesucristo es el Señor y era parte del comité encargado del fondo de emergencias de ayuda para los necesitados. Una de las familias de la iglesia tuvo una emergencia, se les incendió su casa y fue pérdida total en el incendio. Para ayudar a esta familia el comité rápidamente se puso en acción. La junta directiva delegó varias actividades como hacer flanes, pasteles, alcapurrias, y empanadillas de carne para el recaudamiento de fondos.

Claro, el comité aportaría los ingredientes y los miembros del comité solo tenían que cooperar haciendo el trabajo. A Sofía le tocaba hacer 30 flanes en el lapso de dos semanas y venderlos. Ella estaba feliz de poder ser parte de esta hermosa labor de caridad y poder ayudar al prójimo. Ese mismo día después de la reunión y antes de acostarse a dormir Sofía se sentó en su mesa de comedor para hacer la lista de los ingredientes que iba a necesitar para la elaboración de los 30 flanes, los cuales serían seis flanes de cada sabor. Estos fueron los ingredientes que escribió en su lista:

- *120 huevos*
- *30 latas de leche evaporada*
- *30 latas de leche condensada*

- *Extracto de almendra*
- *6 pasta de almendra*
- *6 paquetes queso crema*
- *6 latas de leche de coco*
- *Extracto de coco*
- *1 paquete de coco rallado y tostado*
- *Extracto de pistacho*
- *2 cucharadas de pistacho rallado*
- *1 cajita de colores de comida*
- *El rallado de un limón verde*
- *Media cucharada de sal*

  Sofía terminó la lista y sacó la cuenta del costo de todos los ingredientes que tenía que comprar. Como ya estaba muy anciana, se sentía un poco agotada y decidió acostarse un poco más temprano de la hora normal en que siempre se acostaba. Se elaboró su té de manzanilla para relajarse, hizo su rutina diaria para antes acostarse, y se acostó en su cama. En el medio de la noche, el sueño de Sofía fue interrumpido porque sintió que su corazón latía muy rápidamente, y sentía un poco de ansiedad. Esto fue ocasionado porque tuvo un sueño en el cual no pudo terminar los flanes en el límite de tiempo. Esto preocupó tanto a Sofía que no podía conciliar el sueño y lo que hizo fue que se levantó de su cama y se dirigió a la cocina para prepararse otro té de manzanilla y esta vez con una doble porción de dos sobrecitos de té. Mientras se lo tomaba le dio un vistazo a la lista que había dejado encima de la mesa. De repente se detuvo a mirar sus manos para ver lo mucho que habían cambiado por motivo de la artritis, y también se sintió triste porque ya no podía usar sus manos como solía hacer antes por causa de los dolores que sentía. En ese momento la anciana se hizo una pregunta que le causó un poco de ansiedad: ¿Cómo iba a hacer treinta flanes con sus manos discapacitadas? La anciana Sofía era una persona firme cuando daba una palabra y en sus decisiones. Nunca se daba por vencida frente a los obstáculos y por eso es que se le ocurrió la estupenda idea de buscar ayuda.

Al día siguiente llamó a sus dos mejores amigas, Ramona y Mirna para pedirle ayuda, y por supuesto dijeron que sí. Así que la ancianita Sofía con la ayuda de sus dos amigas pudo cumplir con su palabra y pudo hacer los flanes que prometió.

TENACIDAD Y RESISTENCIA

Una mujer con la fuerza de la tenacidad es la que cuando hay que resolver un problema lo resuelve y toma acciones que producen la solución en vez de estar pensando y gastando tiempo dando vueltas en el asunto. Una mujer con la fuerza de la resistencia es una que no se rinde cuando los retos llegan y enfrentan sus miedos para no quedarse estancada.

Jessica vivía con el padre de su bebé, quien era un hombre violento, iracundo y abusador. En muchas ocasiones cuando se airaba le daba golpes a Jessica, aun cuando ella quedó en estado de embarazo. Jessica soportaba los abusos porque tenía la esperanza de que cuando diera a luz su bebé, él cambiaría su comportamiento de maltrato, pero aun así después que la bebé nació en vez de cambiar, los abusos de su novio hacia ella incrementaban cada vez más. A Jessica esta situación le causaba terribles episodios de depresión, y ataques de pánico, ya que no sabía en qué momento él cambiaría de humor y la atacaría. Ella amaba a su novio pero se dio cuenta que en realidad él no la amaba por los maltratos a que él la sometía y de una cosa ella estaba segura era que el amor verdadero no hace daño.

Ella se percató que vivir aterrorizada no es vida y tenía que huir de la violencia en la que ella y su bebé eran víctimas. Aunque la criatura era pequeña los niños son afectados negativamente cuando están en un ambiente así. Esa no era la vida que Jessica quería para ella y su bebé, a quien le puso por nombre Perla. Así que hizo un plan para llevarlo a cabo en tres días. Ella sabía que iba a ser difícil, pero tenía que salir de su terrible situación. Jessica no quería ser más una víctima de violencia doméstica, tenía decisión propia y no iba a seguir compartiendo su vida bajo los abusos de un opresor. Ella se merece ser tratada con respeto, valorada, amada y todavía tenía dignidad como mujer.

Este fue el plan que ella implementó para llevarlo a cabo en el lapso de tres días. El primer día mientras su novio se fue a trabajar, Jessica llamó a varios lugares que ofrecen refugio para mujeres y niños que son víctimas de violencia doméstica hasta que dio con un refugio que si tenía espacio disponible para ella y Perla. El segundo día, mientras el novio estaba en su trabajo, ella recogió la ropa que se iba a llevar, la puso en una funda y la escondió en la canasta de la ropa sucia para que él no sospechara. Al tercer día, cuando él se fue a trabajar, empacó su ropa, sus documentos importantes y lo que pudo en una maleta, llamó un taxi y se fue con Perla al refugio. Mientras iba de camino tuvo que resistir el pensamiento de devolverse porque tenía miedo de enfrentar la vida sola con su bebita Perla. Ella pensaba de esa forma porque su novio la tenía manipulada y le decía que sin él, ella no era nadie y no podía lograr nada porque no tenía dinero. Algo que típicamente los hombres abusadores dicen para que no los dejen y puedan mantener a sus víctimas bajo sus garras de opresión. Pero ella era tenaz y pese a sus pensamientos, resolvería su situación porque sabía que merecía más en la vida.

Mientras iba en el camino miraba a su bebita, y le pidió perdón por no sacarla antes de ese ambiente de gritos, golpes, malas palabras, objetos tirados, y mucho llanto. Abrazó a Perla fuertemente en sus brazos, la besó con mucho amor y ternura, y Perla le respondió con una carcajada mientras le tocaba el rostro con sus pequeñas manos. Jessica tomó su Perla en sus brazos y sin darse cuenta las dos se quedaron dormidas hasta que llegaron a su nuevo destino.

En el refugio para mujeres víctimas de violencia doméstica, la joven madre recibió mucha ayuda para que pudiera sanar emocionalmente, se fortaleciera, y pudiera comenzar una nueva vida valiéndose por sí misma. También recibió la ayuda de un programa que la auxilió económicamente y le dieron un apartamento a bajo costo para comenzar su vida como una mujer independiente. A los tres meses de Jessica estar en el refugio, se pudo mudar con Perla a su nuevo apartamento y también hacia su nuevo destino. Al tiempo como quería un mejor porvenir para ella y Perla, ingresó en una universidad para lograr uno de sus sueños que era el de ser una enfermera graduada, y lo logró. Consiguió trabajo en un hospital, y al tiempo se compró su casa y vivió una vida plena y feliz.

Jessica pudo lograr alcanzar la paz y la felicidad por resistir el deseo de regresar a lo mismo y tener tenacidad de hacer cambios positivos para su vida y la de Perla.

HAZLE FRENTE A LOS RETOS

A lo largo de la vida y sin exclusión de personas los tiempos de retos siempre llegarán, así como hemos visto en los ejemplos que les di de las vidas de Ivette, Sofía y Jessica. Ellas enfrentaron retos en circunstancias difíciles que les obligaron a esforzarse bajo las presiones. Ellas siguieron avanzando hasta que pudieron lograr el objetivo deseado. Las tres tenían fuerzas de carácter y la capacidad de la resiliencia. ¿Qué es la resiliencia? Es la habilidad de poder afrontar mentalmente y emocionalmente una crisis o de volver al estado de pre-crisis rápidamente. En términos más simples, la capacidad de la resiliencia permite a las personas permanecer calmadas en medio de crisis/caos y de seguir adelante después de los sucedido sin tener consecuencias negativas a largo plazo en su persona. La persona que tiene la fuerza y la capacidad de la resiliencia se sobrepone ante toda adversidad que se le presenta y desarrolla comportamientos que son positivos mientras atraviesa esa adversidad, retos, estrés, golpes inesperados, caos, sufrimiento, en fin, toda situación difícil.

La resiliencia ayuda a que las personas no desmayen y tengan firmeza al enfrentar los retos. Lo más maravilloso de esta fuerza y capacidad es que la persona es capaz de que aun por la difícil circunstancia atravesada es capaz de renacer de nuevo, volver a ser feliz al lograr reinventarse a sí misma y usando como palanca todo lo que aprendió en el difícil proceso.

Estas personas logran renacer y conseguir su objetivo pase lo que pase.

Esta mañana cuando estaba revisando uno de mis diarios encontré uno que escribí cuando era soltera. Escribí lo siguiente cuando en un tiempo me sentía estancada frente a una circunstancia desafiante, desanimada, y me sentí convencida de tomar decisiones de cambios positivos para mi vida:

Querido Diario:

Es tiempo de cambios y siento que he estado en el mismo lugar por mucho tiempo. Nueve años en el mismo trabajo, y en la misma condición económica negativa. Quiero disfrutar el fruto de mi trabajo y estoy cansada que casi todo el dinero sea destinado para pagar las deudas que cada vez crecen más, hasta que tengo que recurrir a usar tarjetas de crédito porque no me sobra dinero.

Numerosas cosas que quiero lograr están en pausa y he estado esperando por mucho tiempo para conocer a las personas correctas que me ayudaran a lanzar mis ideas. Hay veces que cuando quiero hacer algo para Dios, algo va mal y no puedo empezar. Así que en varias ocasiones he tenido que regresar a la inactividad, ya que enfrento oposición de esa gente mata sueños. No sé si será que no me dejan hacer lo que deseo porque algunos se sienten intimidados por mi potencial.

Hay tanto que puedo hacer para el Reino de Dios, y el pensarlo me llena el corazón de gozo, cosas como son el poder enseñar a otros de las maravillas de la Palabra de Dios, lo bueno de su Reino, llevar esperanza a los oprimidos de corazón, que Dios sane los corazones a través de mí, y ser una portadora de su gloria en todo lugar donde Dios me permita ser su instrumento de bondad y de amor.

Hay áreas en mi vida en las que he tenido que tomar decisiones que afectarán a mi familia y a mí, porque no puedo conformarme a vivir en el estancamiento. ¡Ya no más! Es tiempo de traer cambios a mi vida y realizar los sueños de Dios para mi vida y la razón de yo ser y existir. ¡Necesito hacer lo mejor que pueda ! ¡Tengo que dar cuentas!

La resiliencia ayuda a mantenernos fuertes y firmes en medio de cambios o eventos de la vida los cuales pueden ser estresantes. Es la habilidad de volverse a levantar cuando se cae, y permanecer de pie cuando soplan los fuertes vientos de la adversidad. En pocas palabras es rebotar, así como cuando dejas caer una bola de goma y regresa hacia ti después del golpe que recibe del piso. Jesús le dijo: *"Si puedes creer, al que cree todo le es posible"*. (Marcos 9:23). La voluntad de Dios es que nos volvamos a levantar las veces que sea necesario. *"Estas cosas os he hablado para que en mí tengáis paz. En el mundo tendréis aflicción; pero confiad, yo he vencido al mundo"*. (Juan 16:33). Esto es todo por hoy y ahora mujeres excelentes a disfrutar de mi te fabuloso -*Dijo La Señora Virtudes.*

Mientras todas las miembros del club estaban preparadas para irse, un agradable aroma inundó la casa. El rico aroma destilaba del delicioso té que se había preparado con la receta de La Señora Virtudes. Todas las mujeres tomaron el té con unos panecillos con mantequilla, queso de leche de cabra, pasta de guayaba y aceitunas. Todas quedaron encantadas con el refrigerio y más aún porque La Señora Virtudes les tenía a cada una un lindo regalito de una tarjeta con la receta para el té y los ingredientes.

Té Fabuloso
(Para levantar las defensas y aliviar malestares)

- 1 cacerola u olla mediana
- 1 litro de agua, más 2 tazas de agua
- 2 pedazos grandes de jengibre cortados en trozos pequeños
- 2 rajas grandes de canela
- 5 dientes pequeños de ajo con su cáscara sin pelar
- 1 cebolla pequeña cortada en los extremos y por la mitad a lo largo
- 1 limón verde cortado en cuatro partes y sin pelar
- 1 limón amarillo sin pelar y cortado por la mitad
- 3 mandarinas o naranjas dulces sin pelar cortadas en la mitad
- Hojas de hierbabuena
- ½ taza de cilantro con todo y tallo
- Miel

- Poner el litro de agua a hervir y cuando esté hirviendo colocar todos los ingredientes menos las hojas de hierbabuena, las dos tazas de agua y la miel.
- Con la cacerola o olla tapada hervir a fuego lento por 45 minutos, añadir las 2 tazas de agua y hervir por 15 minutos más.

Poner miel al fondo de un recipiente al gusto y colar la infusión de té en el mismo. Mezclar bien la miel y la infusión con una cuchara.

Para servir, poner una raja de naranja en una taza, echar el té y echarle unas 4 hojas de hierbabuena.

CAPÍTULO 7

La Mujer Emprendedora y sus Múltiples Sombreros

Viernes 4:00 P.M.
La Cita en Café Chaniluz

-¡Hola!_____(escribe tu nombre en el espacio). Me alegra que hayas aceptado la invitación para que estés presente en la cita con mi mentora, La Señora Virtudes. Por favor toma asiento para que compartamos la mesa. Mira, te presento a La Señora Virtudes —*dijo Jacqueline*—
-He escuchado cosas muy buenas de usted, la verdad que es un placer el poder conocerla personalmente. *Respondió* _____ (escribe tu nombre en el espacio).

La Señora Virtudes dijo:

El placer es mío, ayer logré verte en la reunión del *Club Mujeres Excelentes* pero no tuve la oportunidad de acercarme a ti para conocerte personalmente. Jacqueline y yo nos reunimos aquí en Café Chaniluz para sus sesiones personales de life coaching (entrenamiento vital o de vida). Ella me pidió que hoy tú pudieras estar presente para que compruebes por ti misma los beneficios de estas sesiones de entrenamiento vital personalizadas, para que en el futuro, si deseas, también puedas tener las tuyas. Pero antes de comenzar me gustaría saber un poco de ti. Para hacerlo más fácil, te voy a pedir que lo escribas en esta hoja de papel en tres cortas oraciones, algo de ti:

#1 _____

#2 _____

#3 _____

Luego continuó:

Ahora vamos a comenzar con la sección de *coaching* (entrenamiento). En la sección de hoy nos enfocaremos en lo que consiste en ser una mujer emprendedora y en el manejo de su tiempo.

Comencemos con la forma más simple de la definición de una persona emprendedora. Es alguien con iniciativa que es capaz de usar sus habilidades y recursos para poder alcanzar los objetivos que quiere lograr. A esta persona no le asusta el trabajo, los obstáculos que tendrá que enfrentar y la cantidad de esfuerzo necesario, porque tiene una visión muy clara de lo que quiere conseguir. Esa persona también es capaz de realizar y materializar sus sueños e ideas, mostrando así pasión, motivación, consistencia, a pesar de los muchos sacrificios que tenga que hacer. La persona emprendedora tiene la capacidad de levantar su propia empresa desde cero. Uno de los secretos de los más exitosos de los emprendedores es que su idea original al ser realizada es una de impacto. Lo que emprenden trae desarrollo, mejoramiento en las vidas de los demás que adquieran el producto o el servicio y se complace en ver que la realización de su idea aumenta la calidad de vida.

Una emprendedora quien fue una mujer de impacto fue Madam C.J. Walker (23 de Diciembre 1867- 25 de Mayo 1919) quien nació de padres y hermanos esclavos. Ella fue la primera mujer Afro-Americana que se hizo a sí misma millonaria con la creación de su línea de cosméticos y cuidado del cabello dirigido la mujer Afro-Americana. Con su compañía *Madam C. J. Walker Manufacturing Company*, ella levantó la estima de muchas mujeres, enriqueció la vida de sus empleadas, ayudó a organizaciones de obras de caridad, y también aportó grandes sumas de dinero para las artes. Fue activista social y política, filantrópica, empresaria, madre, esposa; una mujer digna de admiración y un modelo a seguir. Madam C.J. Walker fue considerada la primera mujer Afro-Americana de negocios más rica de América en su época, y todo comenzó con una idea y con su deseo de elaborar un producto para el bien de los demás. Tuvo que enfrentar muchos retos en el mundo de los negocios por su raza y porque era mujer, pero eso no la detuvo, pues sus sueños eran más grandes que todo obstáculo que quiso atravesar en su camino.

El porqué de emprender algo es el fundamento que será la turbina que les ayudará a que sigan adelante en la realización de sus ideas y sueños a pesar de los retos. Algo que es de suma importancia, es que hay que tener claro que para lograrlo deben tener la disciplina y la capacidad de llevar múltiples sombreros (forma en sentido figurado de las diferentes responsabilidades) Por ejemplo Madam C. J. Walker llevaba los siguientes sombreros:

- El sombrero de madre.
- El sombrero de esposa.
- El sombrero de empresaria.
- El sombrero de filantrópica.
- El sombrero de líder.
- El sombrero de activista social y política.
- El sombrero de una mujer modelo para las demás.

En cada una de sus responsabilidades Madam C. J. Walker daba lo mejor de sí porque no le tenía miedo a los retos.

Algo fundamental para una persona que quiere ser empresaria así como me lo ha comunicado Jacqueline es la organización y el buen manejo del tiempo. Por ejemplo, en mi caso yo también llevo múltiples sombreros y por eso debo prestar atención de cómo es que voy a realizar cada una de mis múltiples responsabilidades. Sería imposible hacer todo lo que hago si primeramente no tuviese mayordomía en el manejo del tiempo, ya que tengo una agenda bastante ocupada. Para lograrlo hago un plan de horario semanal. Incluyendo en esa planificación los tiempos de descanso para poder refrescarme.

El descanso es necesario, como saben que soy seguidora de Jesús, y según las Sagradas Escrituras, dicen que mientras Jesús estaba en su misión terrenal, trabajaba arduamente para predicar las buenas nuevas de salvación, pero también tomaba sus tiempos de descanso. Como saben siempre llevo mi Biblia en mi maletín, y la voy a sacar para mostrarles una cita bíblica que habla como en una ocasión Jesús invitó a sus apóstoles a descansar después de haber regresado de una de sus misiones: *"Entonces los apóstoles se juntaron con Jesús, y le contaron todo lo que habían hecho, y lo que habían enseñado. Él les dijo: Venid vosotros aparte a un lugar desierto, y descansad un poco. Porque eran muchos los que iban y venían de manera que ni aun tenían tiempo para comer. Y se fueron solos en una barca a un lugar desierto"*. (Marcos 6:30-32). El descanso es necesario porque hay que apartar tiempo para recargarse y refrescarse. Recuerden siempre poner un tiempo de descanso en su calendario — *Continuó La Señora Virtudes—.*

Esta es mi lista de mis múltiples sombreros:

- Dirijo el *Club Mujeres Excelentes.*
- Soy esposa.
- Soy madre.
- Soy emprendedora y empresaria.
- Soy dueña de mi propia empresa de pañuelos de seda.
- Soy practicante de filantropía.
- Soy inversionista de Bienes Raíces.
- Soy Entrenadora de Vida (*Life Coach*).

Estas son las responsabilidades que requieren más de mí y aún hay otras como ser amiga, hermana, hija. Tengo el tiempo para ejecutar todo y con espacio de descanso y esparcimiento. Parece imposible, pero les voy a compartir cómo es que lo hago y al final de cada día termino peinada y maquillada, ja, ja , ja.

LA IMPORTANCIA DE LA BUENA FORMACIÓN EN EL HOGAR

El fundamento para lograr muchas de las cosas que realizo lo aprendí en mi hogar. Mis padres, siendo fieles devotos a la Palabra de Dios siguieron el consejo del rey Salomón: *"Instruye al niño en su camino, y aun cuando fuere viejo no se apartará de él"*. (Proverbios 22:6). Fui instruida en el temor de Dios y en el amor a Él y a su Palabra. Mis padres me enseñaron valores, buenas costumbres, con las verdades de las Sagradas Escrituras. En el hogar el manual de vida ha sido siempre la Palabra de Dios. Mis padres se aseguraron de que mis hermanas, hermanos y yo aprendiéramos a vivir sabiamente. La clase de persona que soy hoy se lo debo a la formación y al buen ejemplo que me dieron en casa. Por consecuencia, esa misma formación y ejemplo se la transfiero a mis hijos y puedo influenciar positivamente a otros.

Como les dije anteriormente, el fundamento de mi vida es el temor y el amor a Dios y a su Palabra. Mi relación con Dios es mi prioridad y lo digo con certeza porque todo lo bueno viene de Él, Dios es bueno. Cuando era soltera, después de terminar el nivel de bachiller, ingresé a la universidad aprovechando que en esa etapa de mi vida no tenía otras obligaciones. Además, quería ser una profesional en Administración de Empresas. Les cuento que además de eso, también tomaba cursillos los sábados en la tarde para enriquecimiento, de los cuales les voy a hablar con más detalles.

La soltería para mí fue una etapa que aproveché al máximo. Esta era más o menos mi rutina cuando estaba soltera. En las mañanas mi madre se levantaba primero que todos y los olores que surgían de la cocina cuando preparaba el desayuno era lo que nos despertaba a todos en casa. El aroma de los huevos revueltos, de la avena hecha con leche evaporada, canela, malagueta y un toque de jengibre, los panes frescos de la panadería con mucha mantequilla que nos eran entregados por las mañanas, el café con leche y nuez moscada, el chocolate caliente con canela. Los ruidos de mi madre en la cocina y los aromas del desayuno eran mi reloj despertador.

En nuestra casa practicábamos levantarnos temprano para obtener los beneficios de madrugar, como lo son el enfoque, el estar más alerta durante el día y mayor rendimiento para la productividad. Así que lo primero que hacíamos cuando nos levantábamos era que nos reuníamos en nuestro altar familiar para presentarnos a Dios en oración, leer una porción bíblica y luego pasábamos a la cocina a comer el rico desayuno de mami (así le llamamos a nuestra madre), luego cada uno de mis hermanos y hermanas hacia su parte de los quehaceres de la casa. Mami nos enseñó desde temprana edad que todos en la casa teníamos que cooperar con los quehaceres, ya que éramos todos miembros de una misma unidad, ni papi (así le llamamos a nuestro padre) se escapaba de esa.

La responsabilidad que me correspondía a mí era barrer toda la casa, luego me preparaba y después me iba a la universidad. Cuando regresaba a casa consumía una merienda, me daba un baño para luego tomar una siesta para descansar y refrescar la mente y cuerpo. Cuando me despertaba de la siesta, hacía las tareas en mi habitación. Recuerdo que colgaba un letrero en la parte de afuera de la puerta de mi habitación que decía: "Por Favor No Interrumpir", para evitar que mis hermanas y hermanos entraran a distraerme, ya que son bien conversadores. Cuando terminaba mis tareas, usualmente ya era la hora de la cena. Cenaba con mi familia en el comedor y después del postre y el cafecito de la tarde compartíamos un tiempo de reposo y disfrute familiar y mucha conversación. En las noches la familia asistíamos a la iglesia cuando había reunión, y cuando no había, cada uno se dedicaba a lo que quisiera, como pasar tiempo con las amistades, hacer un pasatiempo, leer, ver un programa de televisión, etc.

Como les había mencionado, el sábado era el día en que tomaba cursillos para crecimiento personal. En mi ciudad daban cursillos de todo tipo como pintura, etiqueta y protocolo, ballet, artes plásticas, aprendizaje de lenguajes, artes culinarias, clases de maquillaje, arte de vestirse, decoración, música, floristería, manejo de finanzas, comunicación, mecánica y muchos más. Desde temprana edad a mis hermanas, hermanos y a mí, nuestros padres nos registraban en esos cursillos y nos decían que siempre hay que crecer, desarrollarse y ser la mejor versión de uno mismo. Vivo eternamente agradecida por mis padres, el haber puesto tanto interés en mi formación como persona. Les mencioné algunas cosas que se llevaban a cabo en nuestro hogar para la formación de todos nosotros pero en realidad eran muchas más pero duraría muchísimas horas para contarlas.

Mis padres invirtieron mucho de su tiempo para darnos a mis hermanas, hermanos y a mí una buena formación y ahora mi esposo y yo hacemos lo mismo con nuestros hijos.

La buena formación que recibí con mis padres es lo que me inspiró a formar y a establecer el *Club Mujeres Excelentes*. Establecí el club porque noté una decadencia de excelencia de vida, en mujeres que he conocido a través de mi vida. Mujeres con la habilidad de alcanzar su máximo potencial, pero no tienen las herramientas o destrezas necesarias para lograr alcanzarlo para ellas y dejar un legado a sus generaciones.

Siempre que podamos debemos dar lo mejor de cada una de nosotras. Claro que tenemos mucho que hacer, pero hay que hacerlo de una forma inteligente. El ingeniero industrial Allen F.Mogentern dijo estas palabras, las cuales se convirtieron en un concepto: *"trabaja más inteligente y no más fuerte"*. Por ejemplo, cuando en el periodo más o menos del 1760 comenzó la transición de la Revolución Industrial, lo que se producía a mano, ahora se produce con máquinas industriales. Esta nueva forma más inteligente y menos trabajosa por motivo de las máquinas industriales, resultó en producción masiva en menos tiempo. Se hacía lo mismo , pero en un método innovador.

El concepto *"trabaja más inteligente y no más fuerte"* acostumbro a aplicarlo a algunas de las cosas que hago en la lista de mis diferentes sombreros y en especial en lo concerniente a mis negocios. He aprendido que lo fundamental para trabajar más inteligente y menos fuerte es simplemente el buen manejo y rendimiento de un recurso que muchos desperdician, el tiempo. Todos los seres humanos tienen las mismas 24 horas del día, los mismos siete días de la semana y los mismos doce meses del año. Este regalo del tiempo debe de ser usado sabiamente reconociendo que cada hora del día que se tiene solamente se puede obtener una sola vez y jamás se volverá a tener de nuevo. El tiempo es una de las cosas más valiosas que se nos ha dado. Les aconsejo que aprendan a valorarlo como un tesoro de esos que son tan preciados que su valor es incalculable, y que prestemos más atención a cómo lo aprovechamos al máximo o lo desperdiciamos. Si aprenden a manejar el tiempo pueden lograr innumerables cosas como son: Tener más espacio para los seres queridos, pasarla chévere con las amistades, esparcimiento, productividad, emprendimiento o trabajo, tiempo para crear o inventar, en fin, tantas cosas y para lo que muchos necesitan hacer qué es descansar y tener tiempos de refrigerio. La Biblia dice: *"Todo tiene su tiempo, y todo lo que se quiere debajo del cielo tiene su hora"*. (Eclesiastés 3:3). ¿Ves cómo para cada cosa hay un tiempo? Por esa razón es la importancia de su buen manejo.

PLANIFICA

La primera fase del manejo del tiempo para que puedan ser más productivas y eficaces es la buena planificación. Así que deben siempre tener una agenda y llevarla con ustedes a todo lugar. Deben siempre tener su agenda con ustedes para que puedan mantenerse organizadas y productivas. Vean la agenda como una herramienta vital. Les voy a mostrar la mía para que vean cómo anoto en diferentes colores mis responsabilidades en sus dos categorías generales: Lo que está anotado en color rojo es lo que debo hacer, qué son las obligaciones normales y lo que está anotado en color rosado es lo que escojo hacer por decisión propia.

Las responsabilidades que debo hacer son las siguientes: el tiempo dedicado a mi familia, la atención de mi casa, el cuidado de mi salud (como ir al gimnasio, citas con el médico y la planificación de las comidas saludables), mi relación con Dios, mi vida devocional y otros deberes.

Las responsabilidades que escojo hacer por decisión propia son: dirigir el *Club Mujeres Excelentes*, administrar mi empresa de pañuelos, invertir en bienes raíces, y ofrecer servicios de *coaching* (entrenamiento), ser una miembro activa en mi congregación.

En las dos categorías trato de dar lo mejor de mí con la noción de que sé que algunas veces cometo errores de los cuales aprendo mucho. Los errores son parte del aprendizaje y nunca debemos sentirnos fracasadas cuando suceden.

Les aconsejo que las responsabilidades que tomen por decisión propia las lleven a cabo con la implementación de sistemas y también con la ayuda de otras personas. Recuerden y se lo repito otra vez el dicho por Allen F. Mogentern: *"Trabaja más inteligente y no más fuerte"*. Para poder lograr la realización de un objetivo no todos los aspectos para ese objetivo lo tienen que hacer ustedes solas. Siempre busquen ayuda en otras personas y no sean llaneras solitarias. Busquen la ayuda o servicios de personas especializadas en el área en la cual ustedes no puedan funcionar. Para poder tener éxito en todas mis responsabilidades empleo sistemas y tengo la ayuda de otros. Por ejemplo, para el negocio de mis pañuelos tengo que recibir los servicios de los dueños de la compañía de textil de seda, pero ellos necesitan los servicios de otras compañías que tengas fincas con los gusanitos que hacen la seda, quienes a su vez necesitan los servicios de las personas que tienen los criaderos de los gusanos que producen la seda Bombyx mori, pero estos también requieren a los expertos que cazan los Bombyx mori en su hábitat. Siempre necesitamos de alguien. Si alguna persona alguna vez les dice "Yo lo logré sólo" pues no está diciendo la verdad.

Les voy a decir cómo empleo mi arma secreta del manejo del tiempo y la planificación para poder lograr hacer todo lo que hago, pero antes les mostrare con un ejemplo de la forma en que se puede emplear un sistema sencillo de forma inteligente y hacer que se trabaje menos fuerte y a la misma vez utilizar el tiempo de una manera mas provechosa.

ILUSTRACIÓN

Evelyn hizo una rica cena para sus mejores amigas Debbie, Lucy, Mary, Leticia, y Lissie. Unos de los platos preferidos de sus amigas era la lasaña con carne molida, con extra queso y por acompañante unos plátanos maduros fritos, ensalada de lechuga, pepino y tomate. Durante la cena Evelyn y sus mejores amigas la pasaron de maravilla. Al final de la deliciosa cena las amigas de Evelyn insistieron en ayudarla a lavar los platos que usaron pero Evelyn no quería aceptar la ayuda, ya que ella eran la anfitriona y quería que sus amigas se relajaran después de la cena mientras se tomaban un cafecito. Cuando llegó la hora del fin de la velada las amigas de Evelyn se retiraron a sus hogares. Todas se fueron satisfechas de haberla pasado bien y cuando entraron a sus respectivos hogares solo tenían que hacer su rutina de la noche e irse a dormir.

Eso no iba a suceder con Evelyn, ya que le esperaba una trastera en el fregadero y lo peor es que como la lasaña tenía extra queso se desbordó derretido en cada pedazo de lasaña, y cuando se enfrió quedó adherido a los platos. La situación estaba un poco difícil para Evelyn porque había demasiado queso en los platos para despegar y cómo fue la anfitriona de toda la noche estaba exhausta, pero como tenía de costumbre dejar su cocina limpia antes de acostarse, no le quedaba de otra.

Evelyn se detuvo frente a la montaña de platos que tenía en el fregadero llenos de queso pegado, más los vasos, cubiertos (cucharas, tenedores y cuchillos de mesa), y el molde en donde cocinó la lasaña al horno se asomaba desde el fregadero como un monstruo.

Antes de comenzar Evelyn pensó por un momento cuál sería la forma más eficiente, y rápida para acabar con la montaña. En ese momento recordó un sistema que usaba su abuela cuando tenía platos con comida pegada. La abuela le ponía el tapón al fregadero para retener el agua, acomodaba todos los platos uno encima del otro en el fregadero, luego le echaba líquido de fregar y agua caliente. Los cubiertos los ponía en una de las ollas que también tenía que fregar, y le echaba agua caliente, líquido de fregar y unas gotitas de cloro para desinfectarlos. Así que Evelyn hizo lo mismo. El siguiente paso era dejar remojando todo por unos treinta minutos. Mientras a los platos se les ablandaba el queso, Evelyn aprovechó el tiempo para limpiar el resto de la cocina. Ese simple sistema era mejor que tener que restregar cada plato individualmente, lo que le tomaría a Evelyn más tiempo.

Tomando en cuenta todas mis responsabilidades, unas tienen más prioridades que otras pero todas son importantes y tengo el compromiso de cumplir con las demandas de cada una. En el presente me es posible cumplir cada una de ellas y no es porque sea una súper mujer sino porque aprendí a manejar el tiempo, a usar sistemas y a buscar ayuda. Jamás podría hacer todo lo que hago sola y por mi cuenta. La clave está en que no todo se puede hacer al mismo tiempo y sin la buena organización. Esto conlleva tener una disciplina habitual de usar mi arma secreta, mi agenda.

LA AGENDA

Mi rutina diaria comienza desde muy temprano en la mañana. Aprovecho todas las horas de trabajo al máximo al igual que también las que dedico al descanso, porque no podemos vivir como burros de carga trabajando hasta desgastarnos. También aprovecho al máximo el tiempo familiar, el de mis amistades, y por supuesto el tiempo para mí. He aprendido a estar presente en cada actividad que realizo para darle lo mejor de mí. Esto ayuda a que pueda tener el máximo rendimiento.

A las 5:30 A.M. mi esposo Don Salomón y yo nos levantamos para tener nuestro tiempo de devoción con Dios. Es hermoso cuando nos presentamos delante de su presencia en las horas de la madrugada. En mi matrimonio reconocemos que sin Dios nada podemos hacer, que en su presencia hay plenitud de gozo y delicias a su diestra, como lo dice el Salmo 16:11: *"Me mostrarás la senda de la vida; En tu presencia hay plenitud de gozo; Delicias a tu diestra para siempre"*. En ese tiempo leemos la Biblia, oramos y adoramos a Dios. Luego al rato mis hijos se levantan y se reúnen con nosotros en nuestro altar familiar. Después se van a sus habitaciones para prepararse e ir a sus obligaciones, mi esposo a trabajar y mis hijos, uno se va a la universidad y la otra a sus responsabilidades laborales.

Mientras todos se arreglan, preparo el desayuno con la ayuda de Reina, la cocinera quien llega a las 6:30 A. M. a quien la contraté porque desde que comencé mi negocio de pañuelos tengo menos tiempo para preparar un buen desayuno para mi familia. Ahora con la ayuda de ella, el desayuno sólo me toma treinta minutos, lo que antes me costaba una hora a mi sola. Quizás se pregunten: ¿Por qué no deja que Reina haga el desayuno sola? La razón es porque para mí es una muestra de amor el hacer algo por mi familia en las primeras horas del día. En casa se prepara un desayuno similar al que nos preparaba mi madre: Los huevos revueltos, la avena hecha con leche evaporada, canela, malagueta y un toque de jengibre, los panes frescos de la panadería y con mucha mantequilla, el café con leche y nuez moscada, el chocolate caliente con canela.

Reina la cocinera es muy eficiente y va limpiando la cocina mientras todos desayunamos en la mesa a las 7:30 A.M. Luego cuando terminamos, cada uno lleva su plato al fregadero, lo friega, lo seca y lo guarda.

Para mí es de suma importancia mantener un buen estado físico para la óptima salud; así que los lunes, miércoles y viernes voy al gimnasio de 8:00 A. M. hasta las 10:00 A. M. en el gimnasio hago diferentes actividades acuerdo al programa que me da Dora, mi entrenadora. Actividades como levantar pesas para la tonificación muscular, ejercicios de Cardiovasculares, estiramiento muscular, Pilates, la bicicleta estacionaria, natación y ¡hasta me hace tomar clases de zumba!

En el gimnasio sudo la gota gorda, termino explotada al final de cada sección, pero al fin vale la pena y obtengo buenos resultados. Después del gimnasio, cuando regreso a mi casa me doy una buena ducha con agua bastante caliente para la relajación de los músculos, me visto y me voy para mi taller de pañuelos a las 11:00 A. M. Los martes y jueves de 8:00 A. M. 10:00 A. M. dedico ese tiempo para preparar las lecciones para el *Club Mujeres Excelentes,* y hacer mis estudios profundos de la Biblia, luego me preparo y voy a mi taller de pañuelos a las 11:00 A. M. Mi horario en el taller es de 11:00 A. M. a 3:00 P. M. de lunes a viernes. El taller no requiere de mi presencia en todas las horas de su funcionamiento, ya que para esto tengo a Berenice, la gerente, para que dirija mi empresa y claro mis apreciadas trabajadoras que elaboran los pañuelos. Mi taller solo está en función de lunes a viernes y el horario es de 9:00 a. m. a 5:00 P. M. Yo me otorgo un lapso de tiempo abierto desde las 3:00 P.M. Hasta las 6:00 P. M. para dedicarme a mis otras responsabilidades como lo son el Club Mujeres Excelentes, las sesiones de *coaching* (entrenamiento) y mi tiempo personal. Usualmente a las 6:30 P.M. o antes estoy en mi casa con mi familia y más o menos a esa hora ya casi todos están en la casa y luego comemos la cena que Reina la cocinera nos prepara.

    Los sábados mi esposo y yo nos levantamos usualmente a las 7:00 A.M. Nos tomamos un cafecito, solos, y a eso de las 8:00 A.M. la familia se reúne para nuestro altar familiar y después nos vestimos y salimos toda la familia para ir a desayunar afuera. Luego del desayuno cada uno hace lo que quiera con su sábado.

LUCY RODRÍGUEZ

Los domingos mi esposo y yo nos levantamos a la misma hora que los sábados, tenemos el altar familiar a eso de las 9:00 A.M. y luego toda la familia se reúne en la cocina para juntos preparar el desayuno. Cada miembro de la familia prepara para sí y para los demás lo que más le gusta. Gracias a la cooperación de todos hay mucha variedad en la mesa a la hora de desayunar, como lo son los panqueques con bayas azules con miel de Maple, huevos revueltos con pimientos rojos y verdes, cebolla, queso, tocino ahumado, chocolate caliente con avena, panes frescos hechos al horno, harina de maíz con rajas de limón, danés con queso y mermelada de guayaba. A la verdad es un banquete y por supuesto mi esposo prepara su favorito, sándwiches a la plancha con pan de agua, queso suizo, jamón, mayonesa, salsa de tomate dulce y mostaza.

¿Qué hago yo? Pues claro que preparo para mí y para todos mi favorito, mi rico café con nuez moscada y leche hervida. Es gracioso ver como una práctica tan sencilla de preparar el desayuno en familia nos ha ayudado a tener un fuerte lazo familiar y ha enseñado a nuestros hijos a mostrar amor los unos por los otros cuando preparan su desayuno favorito individualmente y para todos los demás.

Siempre enseñen a sus hijos a amarse los unos a los otros; he escuchado historias tristes de hermanos que están siempre en guerra, no se aman y se hacen daño el uno al otro. Los hermanos deben de llevarse bien, amarse y más que llevan la misma sangre.

Como se pueden dar cuenta los sábados y los domingos pues la rutina cambia. Ya que los sábados lo tomamos para descansar y es nuestro día familiar en que hacemos diferentes actividades de esparcimiento en familia e individualmente. Los sábados no se cocina en mí casa, y lo que hago es que ordeno comida de nuestro restaurante favorito. Los domingos vamos a la iglesia de 10:00 a. m. a 11:30 a. m. (también vamos los miércoles a los Estudios Bíblicos de 7:00 P.M a 8:30 P. M.) Después de la iglesia tomamos el resto del día para descansar o hacer otra cosa que queramos. Los domingos usualmente a mis hijos les gusta salir a comer a diferentes restaurantes con sus amistades y mi esposo y yo salimos solitos.

Ya les explique en detalle cómo es que manejo y organizo mi tiempo. Ahora ustedes pueden entender cómo es que hago todo de una forma organizada. Le doy tiempo a Dios, mi familia, negocios, y las demás cosas que hago y siempre incluyo una de las más importantes: el tiempo del descanso.

NEGOCIOS

Muchas me han preguntado sobre mi empresa de pañuelos y como todas las que me conocen saben cuán importante para mi es emplear la excelencia en todo lo que hago les voy a decir cómo es que he podido emplear la excelencia en mi empresa. Mis pañuelos son exclusivos y elaborados en tela de algodón de la más alta calidad, importado desde Egipto, que es el lugar en donde se produce el mejor algodón del mundo. La compañía a la que compro la materia prima, que es la tela, tiene trabajadores que recolectan el algodón a mano y no con máquinas. Por consecuencia las fibras del algodón no sufren ningún daño y el algodón se mantiene en su mejor estado de pureza. Por la suprema calidad de tela, los pañuelos tienen una inmensa suavidad y cuando son rozados en la piel se sienten cómodos, y además de ser extremadamente suaves también son duraderos y resistentes.

Los pañuelos se venden en su estuche que contiene un set de 15 unidades. La presentación de un producto es de suma importancia, por eso decidí que los estuches fueran cofres elegantes en color champaña y forrados por dentro en tela de satín para que los pañuelos se mantengan protegidos. Los sets son de 15 ya que una persona debe de cambiarlos regularmente según el uso que le den.

Sólo tenemos dos sets para mujeres, uno de color blanco ángel y el otro que contiene tres pañuelos de cada uno de los siguientes colores: azul cielo, verde menta, rosado, lila y amarillo pastel. Los diseños son bordados con puntaje de seda en motivos de la Rosa Ingrid Bergman y la Mariposa Monarca. El hilo que escogí para los bordados es de seda por su lustre y es importado desde París. Por su buena calidad los pañuelos son de alta demanda y hasta personas vienen de lejos para obtenerlos en la pequeña tienda del taller. Ahora estamos trabajando en la elaboración de nuestra tienda digital para alcanzar nueva clientela globalmente y también estamos trabajando en la nueva línea de pañuelos personalizados para hombres.

El taller funciona de la manera siguiente: Cuento con cinco empleadas que son especialistas en bordados y puntadas, y otras cinco que se dedican a cortar las telas y a coser los bordes de los pañuelos. Todas comienzan a trabajar a las 9:00 a. m. Berenice, la gerente que se encarga de las compras y ventas de los materiales, la supervisión minuciosa, la calidad del trabajo, el mercadeo y abrir y cerrar el taller. Hay dos empleadas a cargo de la tienda de pañuelos y un joven que está encargado de hacer los mandados necesarios. En sí es una operación pequeña, pero como mis pañuelos son exclusivos, y de excelente calidad esto ayuda a que las ventas y los pedidos sean de un volumen tan alto que la producción mensualmente aumenta.

Mi otro negocio es el de inversiones de bienes raíces, para eso tengo a agentes que trabajan para mi. Ellos buscan propiedades, las analizan, me muestran los números, luego las considero y las compro. Si hay que hacerles algunos arreglos cosméticos o actualizaciones a cualquier propiedad que obtenga, contrato una compañía de construcción.

El negocio de inversiones en bienes raíces en realidad no requiere de mi presencia física, ya que tengo un buen equipo de personas que trabajan conmigo.

Otro negocio es el de dar servicios de coaching (entrenamiento de vida) ya que soy Life Coach, este si requiere de mi presencia física, ya que doy sesiones individuales. Para poder hacer esto, entre todas las cosas que logro ejecutar, tan solo doy una sesión de cada dos semanas por un periodo de tres meses, y trabajo sólo con dos clientas a la vez.

EL CUIDADO DEL HOGAR

Como les había dicho anteriormente en una de nuestras reuniones del *Club Mujeres Excelentes*, la importancia de que siempre busquen ayuda. Siendo así, podrán tener más producción en las cosas que emprendan. Nunca se intimiden de emprender más de una cosa, lo que importa es que organicen cómo es que lo van a manejar, por eso les di mi ejemplo de cómo puedo conducir mis responsabilidades con precisión y excelencia, todo gracias a la buena herramienta de la organización.

Como mujer emprendedora y con familia y que tengo la responsabilidad de conducir mis asuntos con excelencia, para ello siempre busco ayuda. En el caso del hogar tengo a Patricia, la que limpia, quien ha trabado en mi casa desde que mis niños estaban pequeños. Su responsabilidad es mantener limpios y organizados la sala de estar, los baños, la cocina, el piso, el balcón y la terraza. Ella no tiene que lavar ropa de los miembros de mi familia, ni limpiar las habitaciones, ya que a todos mis hijos les enseñe desde pequeños a que mantengas sus habitaciones limpias y que laven su ropa, y yo hago lo mismo para mí y mi esposo.

Les hablé sobre mi agenda, mis negocios y por último de mi hogar, para darles el ejemplo que si se puede emprender varias cosas, sin ahogarse. Mis horarios y las rutinas me tomaron mucho tiempo en desarrollarlos. No lo logré de la noche a la mañana. Si una forma no funcionaba entonces trataba otra hasta que todo fue cayendo en su sitio. Tampoco soy rígida con mi agenda, soy flexible, ya que hay cantidad de veces en que hay que hacer algunos ajustes en los horarios por algunas situaciones inesperadas que se presenten. Por ejemplo, una gripe que me haga quedarme acostada todo el día, o si un miembro de mi familia se enferma y tenga que atenderlo, o surja una emergencia de algún tipo, en si por cualquier cosa que ocurra inesperadamente.

Un dato importante que les voy a compartir es que la rutina y los horarios escritos en mi agenda no han sido los mismos siempre. Recuerden que hay que ser flexible, ya que las rutinas y los tiempos no siempre son los mismos. Por ejemplo, cuando tuve a mis hijos me dediqué a su cuidado mientras estaban en la tierna edad de la niñez. En aquel entonces usaba mi agenda mayormente para organizar las actividades extra curriculares de mis hijos, las citas médicas, pasatiempos y todo aquello que se conlleva en la vida de los pequeños. Claro que no era que empleaba todo mi tiempo para ellos, también sacaba tiempo para Dios, las actividades de la iglesia, salir sola con mi esposo, mis amigas y claro para el descanso. Organizar mi tiempo en mi agenda me ayudó mucho y evitó que estuviera dando vueltas como una gallina sin cabeza cloqueando por ahí, porque no fue fácil, ya que tuve a mis hijos uno detrás del otro.

El enfoque no es vivir vidas rígidas sino vidas organizadas, pero con flexibilidad. Si viven rígidamente y sin espacio para los ajustes o cambios, entonces vivirán demasiado ansiosas y llenas de estrés. Yo hago mi agenda por motivos de mantener ritmo en mi diario vivir y para estar enfocada (me distraigo fácilmente, a veces estoy haciendo algo y me recuerdo que tengo que hacer otra cosa y voy a hacerla y se me olvida lo que estaba haciendo). Algo que siempre tengo presente es que en cualquier momento del día mi agenda puede ser interrumpida por alguna u otra razón y si hay que ajustar algo no tengo ningún problema en hacerlo.

EL DESCANSO

No se puede abusar del cuerpo y el descanso es necesario para poder tener rendimiento. Le voy a contar lo que me pasa cuando me siento muy cansada. Un día miré fijamente una foto mía. Lo hice por la razón de que noté que mi ojo derecho estaba bizco. En el momento no me preocupé ya que sé que no soy perfecta, pero después de unos días comencé a preocuparme porque cuando me miraba en el espejo en las tardes veía como mi ojo derecho se mostraba más bizco a menudo. Gracias a Dios que ya se estaba acercando la fecha de mi cita anual con el oftalmólogo y aproveché ese día para señalar lo que estaba pasando. Para mi asombro en el día de la cita el oftalmólogo me dijo que la razón de mi situación era que cuando el cuerpo y la mente se cansan en algunas personas uno de sus ojos suele salir de su balance. ¡El cansancio sacó una de las bolas de mis ojos de su balance!.

El descanso es una disciplina que se debe implementar para la buena salud. Nuestro cuerpo nos agradece cuando le damos descanso, ya que lo necesita para recuperarse y restaurarse. Aquí les voy a dar una lista de algunos beneficios corporales del descanso cuando se duerme ocho horas en la noche.

· Ayuda a que la memoria mejore.
· Ayuda a que el sistema inmune sea fortalecido.
· Ayuda a que baje la presión sanguínea.
· Ayuda a que las inflamaciones corporales se reduzcan.
· Ayuda a una mejor concentración mental.
· Ayuda a tener más energía.
· Ayuda a tener mejor humor y sentido de bienestar.
· Ayuda a el mantenimiento de un buen peso saludable.

CAPÍTULO 8

Se Diligente y Vigorosa en Todo lo que Hagas

En la próxima reunión del *Club Mujeres Excelentes, La Señora Virtudes dijo*:

Hola chicas, bienvenidas a todas a la reunión de hoy. Les voy a hacer una pregunta y les pido solo tres respuestas: ¿Cual es el beneficio de ser una persona diligente y vigorosa?

Respuestas:
"Terminas los proyectos más rápido". *Dijo Sara.*
"Alcanzas las metas. *Dijo Merari.*
"Hace lo que se propone sin titubeos". *Dijo Roxana.*

Gracias chicas, muy buenas respuestas, y gracias por su participación. La Biblia dice: "*¿Has visto hombre solícito en su trabajo? Delante de los reyes estará; No estará delante de los de baja condición*". (Proverbios 22:29). Y "*Ciñe de fuerza sus lomos, y esfuerza sus brazos*". (Proverbios 31:17).

Los dos textos bíblicos nos muestran que el ser diligente y vigoroso son características de una persona industriosa. Podemos ver el mejor ejemplo de la palabra industrioso con las hormigas. Ellas trabajan con destreza e inteligentemente para después tener éxito disfrutando de su gran abastecimiento de alimento en el invierno. Las hormigas emplean esfuerzo, energía y habilidad.

LA MOTIVACIÓN

¿Qué las motiva a hacer lo que hacen? Un sinnúmero de personas llega a los últimos años de sus vidas y lo que sienten es remordimientos por no haber hecho lo que debían y querían hacer. Esto es en parte por no tener claramente definido el porqué de hacer algo que le motive. Les voy a contar sobre una dulce anciana que me inspiró para que yo tuviera claro la importancia del porqué. Una vez, cuando estaba en el comité de visitas de la iglesia en donde me congrego, me ofrecí para visitar a una anciana que sólo le quedaban pocos días de vida. Todos le llamaban de cariño Mamá Tatica. Por su avanzada edad ya su cabello estaba blanco como la nieve, y su cuerpo muy débil.

La visita tuvo que ser corta para que Mamá Tatica no se fatigara demasiado, por su delicada salud, pero eso no impidió que disfrutáramos de lo que fue para mí una inolvidable conversación y gran lección. La Biblia dice: "*En los ancianos está la ciencia, y en la larga edad la inteligencia*".(Job 12:12-14). Durante la visita Mamá Tatica me contó un poco de su vida y me dijo las siguientes palabras: "Uní mi vida en matrimonio con Samuel, el amor de mi vida y en nuestro matrimonio tuvimos dos hermosas niñas. A una le pusimos por nombre Rut y a la otra Fresa. Durante el transcurso del tiempo mi esposo y yo sentimos el llamado para ser pastores, y también para las misiones. Obedecimos el llamado de Dios. Compramos un terreno para construir un templo, una casa para misioneros del exterior y una casa pastoral para nosotros. A la iglesia le pusimos por nombre Iglesia Príncipe de Paz y considerábamos a todos los miembros de la congregación como hijos e hijas. Por eso a mi amado esposo le llamaban de cariño Papá Samuel y a mi Mamá Tatica. Nuestro ministerio no se limitó solamente a construir una casa para Dios, y un alojamiento para los misioneros del exterior, sino que también construimos orfanatos para niños y niñas huérfanos y también teníamos programas de desayuno y almuerzo para los niños de familias de bajos recursos que vivían en el vecindario del orfanato.

Señora Virtudes, usted reconoce la importancia de las obras de caridad y sé que usted está familiarizada con la historia de la prueba de Job. Él fue un hombre de la tierra de Uz, quien fue un hombre recto, apartado del mal y temeroso de Dios. Job de repente sufrió pérdidas catastróficas, todos sus hijos fallecieron en un mismo día mientras estaban reunidos en la casa del hijo mayor, también a sus empleados, ganados, y su salud. El sufrimiento de Job fue de tal magnitud que pasó una larga temporada en luto sentado en cenizas por su gran aflicción, pero al final de la historia sabemos que el Señor le restauró todo lo que había perdido y se lo dio al doble. Job volvió nuevamente a ser padre de siete hijos y tres hijas.

La Biblia dice que no se encontraban doncellas más hermosas que las hijas de Job. Dios le dio largos años de vida que pudo ver sus descendientes hasta la cuarta generación. Job murió anciano y lleno de días. Usualmente cuando se habla de él el enfoque es sobre su prueba, pero hay algo que muchos ignoran de su historia, y es que antes de su prueba era la costumbre de Job hacer obras de caridad. Era un hombre rico y de su abundancia ayudaba a los pobres, huérfanos, viudas, ciegos, cojos en fin, personas débiles, desprotegidas que no se podían valerse por sí mismas. Un dato muy importante es que también Job soltaba a víctimas de sus opresores (Job 29:12-17). Él no era egoísta con sus riquezas, bendecía a los desafortunados y eso era agradable ante los ojos de Dios.

Así como el buen ejemplo de Job, no podemos darle nuestras espaldas a los que necesitan ayuda, siempre y cuando tengamos la forma de hacerlo. Mi amado esposo Samuel, quien ya partió con el Señor, y yo, siempre nos sentíamos privilegiados de poder ser instrumentos del amor de Dios. El cuidado de los niños huérfanos fue para nosotros una de las obras más apreciadas de nuestros corazones y todavía lo sigue siendo para mi, ya que los orfanatos que establecimos siguen en operación. El funcionamiento de los orfanatos seguirá porque aprendimos que cuando uno es líder de cualquier entidad hay que multiplicarse en otros para que la obra trascienda y continúe, aunque no estemos presentes. En la experiencia de la atención de los niños huérfanos y los necesitados, Dios ha suplido y sigue supliendo milagrosamente todo lo que se necesita en abundancia; Nunca ha faltado la comida, ropa y calzado para los niños. Cada niño en el futuro tendrá que valerse por sí solo/a cuando lleguen a su mayoría de edad y por ende se les ofrece talleres para que desarrollen en algunas destrezas laborales como son la costura, carpintería, mecánica, clases de inglés y deportes, aparte de su educación escolar.

Con la ayuda de Dios pudimos lograr una asociación con una universidad para que nuestros niños pudieran recibir estudios avanzados con becas. Luego cuando se gradúan de la universidad reciben ayuda de la misma para conseguir empleo. Así los jóvenes pasan a vivir en nuestro Centro de Transición por unos dos años, y ya para entonces tienen todas las herramientas para valerse por sí solos. Quiero compartirle uno de los tantos testimonios en que Dios nos suplía milagrosamente. En una ocasión el autobús que usábamos semanalmente para buscar el abastecimiento de la comida se descompuso, y como ya no tenía remedio nos vimos en la necesidad de comprar otro, pero no teníamos el dinero. Oramos a Dios para que nos resolviera la situación y a los varios días Dios usó a una persona que donó un autobús nuevo para la obra. Nunca se ha tenido que comprar el alimento para la obra porque las comidas siempre han sido donadas por el gobierno.

Aparte del orfanato y el Centro de Transición, también Dios nos permitió la dicha de construir un hospedaje misionero al lado del templo. Al alojamiento llegan misioneros desde Puerto Rico, Norte y Sur América y Europa. Allí todavía los misioneros todavía pueden recibir en Príncipe de Paz un lugar en donde dormir, comer y descansar entre sus arduas labores ministeriales. Samuel y yo éramos sumamente felices de tener tantos hijos espirituales que Dios puso a nuestro cuidado pastoral. En la congregación se ha equipado y formado pastores que ahora pastorean en otras iglesias hijas, también evangelistas y misioneros. Príncipe de Paz es un lugar donde siempre se ha ofrecido una buena formación cristiana con el fundamento de la Palabra de Dios. Es una congregación viva y cada día más crece en nuevos convertidos al evangelio de Cristo.

Puedo decir con certeza que he vivido una vida plena y feliz. Mi esposo y yo cumplimos el propósito de Dios para la unión de nuestras vidas. Formamos y hemos dejado un legado para que la obra que Dios puso en nuestra responsabilidad continúe, ya que la misión de Dios no se puede detener. Entendimos desde el principio de nuestra labor, que la obra es de Dios y no de nosotros. Hoy le puedo decir que en estos últimos días que me quedan de vida siento una gran satisfacción porque mi vida pudo ser de servicio para sus propósitos. Le di al Señor mi vida sin reservas, todo lo puse a disposición del servicio de Dios porque todo se lo debo a Él. La Biblia dice: *"Respondió Juan y dijo: No puede el hombre recibir nada, sino que le fuere dado del cielo".* (Juan 3:27). Así que simplemente puse a los pies de Cristo todo lo que Él me permitió tener aquí en la tierra. Al mundo entramos desnudos y cuando partimos ni tan siquiera nos podemos llevar absolutamente nada, ni aun el cuerpo.

"Toda buena dádiva y todo don perfecto desciende de lo alto, del padre de las luces, en el cual no hay mudanza, no sombra de variación". (Santiago 1:17). Cuando entendemos que toda buena dádiva proviene del Padre, entonces lo que somos es mayordomos de lo que Dios puso en nuestras manos. Por consecuencia viviremos vidas con una actitud de agradecimiento hacia el Padre por todo lo que Él nos permite disfrutar y hacer para el servicio de su Reino y el evangelio de Cristo.

Dios necesita personas que estén dispuestas a ser conductos de su amor incondicional, que seamos agentes de cambios para el bien de los demás y siervos fieles en rendimiento total a su Señorío. Cuando vivimos vidas rendidas a Él, entonces seremos vasos de honra y veremos la manifestación de su poder y benevolencia fluyendo a través de nuestras vidas.

A lo largo de mi vida ministerial fui testigo de la forma en que Dios siempre suplía para todas las ramas de nuestro ministerio. Las finanzas para los orfanatos, el Centro de Transición, la congregación Príncipe de Paz y los alojos para los misioneros, siempre y sin fallar llegaban sobrenaturalmente a nuestras manos. Era como si tuviéramos una cascada invisible de ingresos financieros. Por ejemplo, antes de que en la despensa se usara la última cantidad de arroz para el día, ya Dios había provisto sacos de arroz y otros alimentos para cubrir muchos meses de abastecimiento para los niños del orfanato. Cuando teníamos que hacer alguna obra de mantenimiento, arreglo al edificio de la iglesia o el alojamiento de misioneros, todo nos era provisto. Dios es fiel, y cuando hacemos su voluntad, provee para cada misión y labor que nos toca realizar para sus propósitos. *El Señor cumplirá su propósito en mí; "Tu misericordia, oh Jehová, es para siempre; No desampares la obra de tus manos".* (Salmos 138:8).

Aquí en mi lecho, donde espero que los ángeles de Dios vengan por mi para llevarme más rápido que la velocidad de la luz a la eternidad con mi Señor, siento paz, porque sé que cuando esté delante del Señor cara a cara, no me sentiré avergonzada, porque pude ser útil para Dios aquí en la tierra".

Palabras finales de Mamá Tatica

Altagracia Hidalgo de Paul
(Lic. en Educación Especial)
y **Samuel Paul Lewis** *(Dr. en Filosofia)*
*Mamá Tatica y Papá Samuel
Fundadores Iglesia Principe de Paz*

Las palabras de Mamá Tatica siguen causando impacto en mi hasta el día de hoy. Ella me ayudó a comprender el porqué de la vida y el haberlo comprendido me motiva a hacer todo lo que hago con una actitud de entrega, pasión y devoción, dándole gracias a Dios por concederme el privilegio de ser una sierva útil, por la fuerza y el poder para lograrlo. Por esa razón pongo todo vigor, diligencia y excelencia para su servicio. Deseo que cuando llegue a los años de plata, y al final de mis días, me sienta al igual que Mamá Tatica, en paz, feliz y satisfecha - *dijo La Señora Virtudes.*

CAPÍTULO 9

¡Ríete del Futuro
Ja, Ja, Ja!

En la próxima reunión del *Club Mujeres Excelentes, La Señora Virtudes* nos compartió lo siguiente:

Hola Chicas y bienvenidas a la reunión de hoy. La enseñanza que viene es una de mis favoritas, trata de reírse de lo porvenir, o sea del futuro. Como todas conocemos, no sabemos lo que traerá el futuro, pero sí podemos estar seguras de que en el futuro cosecharemos lo que sembremos en el presente. Todo lo que hagamos o dejemos de hacer tendrá consecuencias. Les voy a leer uno de los textos que usaremos como base para la enseñanza de hoy: *"Fuerza y honor son su vestidura; Y se ríe de lo por venir"*. (Proverbios 31:25).

Para reírse del futuro es necesario una preparación que comienza desde ahora, que debe abarcar todas las áreas de la vida, como el área de la relación con Dios, la familiar, la buena salud, las finanzas, el trabajo laboral, los negocios, las metas, y todas las demás áreas que tenga según sus intereses.

¿Por qué la mujer de Proverbios 31, se rie de lo porvenir? Sobre todo, porque es temerosa de Dios, y de ese temor fluye la sabiduría que la ayuda a vivir sabiamente. Ella tiene bien claro el principio de la siembra y la cosecha, es una mujer de acción y como sabemos, es el modelo de una mujer temerosa de Dios y virtuosa. La mujer de Proverbios 31 es activa y le pone empeño a todo lo que tiene que ver son su familia, hogar, esposo, negocios, y relación con Dios. Sus cualidades son excepcionales y aquí les doy la lista de algunas de ellas:

- Hábil
- Capaz
- Íntegra
- Temerosa de Dios
- Sabia
- Compasiva
- De vocabulario honorable
- Sabia
- Diligente
- Trabajadora
- Fuerte
- Poseedora de energía mental
- Competente
- Fiel y leal
- Ayuda idónea a su esposo
- Confiable
- Buena madre
- Buena administradora de su hogar
- Inteligente

- Emprendedora
- Creativa
- Buena administradora del tiempo
- Buena administradora de las finanzas
- Tiene amor propio
- Cuidaba su imagen
- Llena de amor

La mujer de Proverbios 31 es como un sol en medio de su casa dándole calidez para todos los miembros de su familia y de su interior fluyen manantiales de bien para ellos, así como fluye el agua en las cascadas. Todo el esfuerzo que ella siembra producirá una fructífera cosecha a su tiempo y definitivamente por eso se ríe del futuro. Existe una ley espiritual que podemos encontrar en las Sagradas Escrituras, tiene que ver que con todo lo que se hace en el presente de seguro tendrá consecuencias en el porvenir.

"No os engañéis: Dios no puede ser burlado: pues todo lo que el hombre sembrare, eso también segará". (Gálatas 6:7).

Las leyes no fallan, así como opera la Ley de Gravedad de Newton, la cual explica que la gravedad es una fuerza invisible en el centro de la Tierra que atrae los objetos, y es la razón por la cual todo lo que sube, baja. La ley de siembra y la cosecha la aplicamos diariamente sin darnos cuenta. Entendiendo cómo es que la ley opera nos llena de conocimiento y por consecuencia aprendemos a usarla intencionalmente para poder cosechar buenos frutos. Les voy a dar el ejemplo de Romero el jardinero (especialista en la floricultura y ha trabajado en mi hermoso jardín por más de veinticinco años) para que entiendan la ley de la siembra y la cosecha, claro, esto es hablando de la agricultura, pero ayuda para que comprendan que para la producción de una cosecha satisfactoria en el futuro, es vital un proceso de preparación.

Mucho antes de que broten las flores, Romero el jardinero ya sabe cuáles son las semillas o las plantas que tiene que sembrar para cada clase de flores que desea cultivar. Él tiene un amplio conocimiento de todos los elementos que debe usar para la buena nutrición de las flores, comenzando desde la etapa de la preparación del suelo hasta la etapa final, que es cuando se producen las flores. Romero el jardinero diariamente le da una atención sumamente enfocada a su cultivo mientras espera, ya que el cultivo de flores requieren un grado de alto nivel de atención especial para que las flores se den y crezcan saludablemente. Para el cultivo de los rosales de rosa amarilla llamada Lighthouse Rose, que es mi rosa preferida, Romero el jardinero aplica el siguiente plan y los pasos para el éxito del cultivo, que es un hermoso rosal con rosas de un intenso color amarillo y una rica fragancia. Su plan consiste en cinco etapas: Inicio, planificación, ejecución, seguimiento y control y por último cierre.

1. *El Inicio:*
- Definir cuál es la flor que quiere cultivar.

2. *Planificación*
- Escoger una zona en el jardín en donde les den ocho horas de sol durante el día.
- Medir y marcar la distancia que se necesita entre cada uno de los rosales.
- Saber cuáles son los productos necesarios para la buena nutrición del terreno en donde se sembrarán los rosales y también los productos necesarios para los rosales.
- Calcular la cantidad de agua que los rosales necesitan diariamente en cada una de sus etapas.
- Calcular cuánto tiempo diario tiene que dedicarles a los rosales diariamente en todas sus etapas de crecimiento y a las horas más convenientes del día.
- Calcular el presupuesto.

- Asegurarse de que tiene todas las herramientas de jardinería necesarias para el proyecto.

3. Ejecución
- Preparar el terreno y cavar los huecos.
- Comprar las plantas de la rosa amarilla Lighthouse Rose.
- Sembrar las plantas.

4. Seguimiento y control
- Regar las plantas de los rosales con agua según el requerimiento.
- Echarle los nutrientes y vitaminas cuando lo necesiten.
- Atenderla para asegurarse de que la planta este creciendo saludablemente.

5. Cierre
- Contemplar la cosecha de un hermoso rosal.

En el plan que aplica Romero el jardinero, se contempla un patrón de organización con cinco etapas en las cuales cada uno conlleva sus respectivas tareas. Para la ejecución de su plan se requiere de Romero el jardinero mucha paciencia y disciplina. En cada etapa él sembró su tiempo, atención, devoción y su esfuerzo. Si no hubiese sembrado, no hubiese cosechado el fruto de su labor. Imagínense qué hubiera pasado si Romero el jardinero hubiese esquivado la etapa número cuatro, la cual es el de seguimiento y control, que requiere echarle agua, darle los nutrientes y la atención cuando la planta estaba en su proceso de crecimiento, la planta no hubiese prosperado.

Cualquier sea lo que deseen cosechar en el futuro, deben comenzar sembrando para ello ahora trazando un plan organizado, ejecutarlo, darle el seguimiento y control para que al tiempo preciso tengan el cierre, que es el éxito.

Hay que tener metas claras y realistas para el porvenir. La Biblia habla en muchas ocasiones sobre la planificación para el futuro. Aunque en realidad no podemos controlar el futuro, ya que a la vida siempre llegan cosas inesperadas y cambios que están más allá de nuestro alcance, pero aun así podemos cosechar los frutos de lo que hagamos en el presente. Podemos tomar decisiones y acciones que nos den satisfacción y buena calidad de vida en los años por venir, un futuro satisfactorio que nos cause risas de felicidad cuando lleguemos a Él, porque eso si, el tiempo solo camina hacia delante y cuando abrimos los ojos ya estamos en el futuro.

Usualmente en las tardes voy a tomar un poco de aire fresco en mi jardín, y en muchas ocasiones me pica una que otra hormiga que parece que cree que soy comida y quiere llevarse un pedazo de mi para su almacén de alimentos. Otras veces veo hormigas caminando en fila y cargando pedacitos del pan que Reina la cocinera le echa a los pajaritos en la mañana.

La hormiga es un pequeño insecto del cual podemos aprender mucho. ¿Qué dice la Biblia de las hormigas? *Ve a la hormiga, oh perezoso, mira sus caminos, y sé sabio, la cual no teniendo capitán, ni gobernador, ni señor, prepara en el verano su comida, y recoge en el tiempo de la siega su mantenimiento.* (Proverbios 6:6-8) Las hormigas se preparan para el futuro y frío invierno, en la época del verano, aprovechando las condiciones del tiempo favorables y cuando hay abundancia de alimentos en su entorno. Esos pequeños insectos del reino animal salen en equipos de sus nidos subterráneos para ir en busca de alimentos. Cuentan con una fuerza extraordinaria para su diminuto cuerpo que las ayuda a trasladar las reservas de su nido para luego almacenarlo.

El trabajo de las hormigas para buscar las reservas de alimentos para el invierno es arduo y requiere diligencia y vigor para llevarlo a cabo. Si no buscan su alimentación para el sustento del invierno no tendrán qué comer, ella y sus crías experimentarán una muerte prematura. Otros animales también se preparan para el futuro para su sobrevivencia. Por ejemplo, el oso. Éste se sobre llena la panza en el verano antes de irse a invernal y esa alimentación extra que su cuerpo almacena le nutre por casi siete meses. Esto lo hacen los animales por instinto, saben lo que tienen que hacer, actúan y obtienen resultados. Desdichadamente una gran parte de personas no se preparan en los veranos de sus vidas, que son las etapas de sus vidas cuando están fuertes y productivas y en vez de reírse lloran cuando llegan a sus inviernos por no haberse preparado.

CAPÍTULO 10

Palomitas de Maíz con Extra-Mantequilla

En la próxima reunión del *Club Mujeres Excelentes*, *La Señora Virtudes nos dijo:*

¡Hola chicas! La enseñanza de hoy es a petición de algunas de ustedes, que les interesa estar más informadas sobre el manejo de las finanzas. El buen manejo del dinero es un tema muy amplio, no podría enseñarles todo lo que sé en una reunión. Así que decidí guiarles con unas ideas práctica que les ayudarán a ser mejores mayordomas de su dinero. Es muy fácil y sencillo, simplemente es pensar antes de comprar. El dinero es un instrumento de intercambio.

ILUSTRACIÓN

Lola Mento tiene un hermoso bebé de siete meses, que de cariño le dicen Chupis, ya que le fascina tanto la leche que aunque todavía está muy chiquito, casi dice la palabra leche; cuando quiere su botella balbucea e, e, eso es la señal para que Lola Mento le dé su botella de leche calientita. Ya pronto le toca a Chupis su próxima botella de leche y solo queda un poco en el fondo del galón que hay en la nevera.

Lola Mento le pide a su mamá (quien vive con la familia de Lola Mento) que por favor cuide a Chupis en lo que ella va al supermercado a comprar un galón de leche. Lola Mento llega al supermercado, toma el galón de leche del refrigerador, lo lleva a la caja registradora para pagarlo. El precio en la caja registradora indicó $2.00 y Lola Mento buscó en su cartera y sacó los $2.00 que tenía apartados en un sobre para la leche de Chupis, le entregó el dinero al joven cajero y se llevó el galón a su casa. Lo que sucedió en el supermercado con el galón de leche y los $2.00 fue un intercambio.

Cuando Lola Mento estaba embarazada de Chupis le dio con unos antojos de comer palomitas de maíz con extra mantequilla y tenía que ser del que vendían en el cine que quedaba antes de llegar al supermercado en donde hacía sus compras rutinarias de alimentos.

Después que Lola Mento dio a luz parece ser que se le quedó el antojo de las dichas palomitas de maíz con extra mantequilla, y era tal el deseo de comerlas que cuando Lola Mento cerraba los ojos y se imaginaba las palomitas de maíz, casi las podía saborear. Dos días después de haber comprado el último galón de leche para Chupis, ya el nivel del galón estaba en el fondo, y había que comprar el próximo. Otra vez la abuela se quedó con Chupis y Lola Mento fue al supermercado. Pero esta vez en lugar de que Lola Mento estuviera concentrada en comprar el galón de leche, solo pensaba en las palomitas de maíz con extra mantequilla, el antojo era tan fuerte que podía saborearlas en su boca hasta que fue dominada, y por impulso y sin pensarlo dos veces, en vez de ir directamente al supermercado, se dirigió hacia el cine donde vendían las palomitas de maíz con extra mantequilla. Estacionó su automóvil en el estacionamiento y como bajo un hechizo de locura, fue corriendo hacia el cine. Cuando entró se dirigió con velocidad al puesto de las palomitas de maíz con extra mantequilla, sacó del sobre los único que había, que eran $2.00 y las compró. Hacia el camino al supermercado, Lola Mento iba feliz disfrutando sus palomitas de maíz con extra mantequilla, cuando llegó, buscó el galón de leche para Chupis y lo llevó a la caja registradora. Al buscar los $2.00 no los encontró, porque los había gastado en las palomitas de maíz con extra mantequilla.

Ahora tendría que pagar el galón de leche con su tarjeta de crédito. El interés de la tarjeta de crédito es de un 5%, ahora el galón de leche en vez de costar $2.00 le costaría $2.10 para pagarlo en la próxima factura de la tarjeta de crédito. Claro, que diez centavos es poco, pero es mejor que diez centavos se queden en tu cartera que tenerlos que pagar de intereses.

Lola Mento se dejó llevar por el impulso de comprar las palomitas de maíz con extra mantequilla y se lamentaba de haber gastado el dinero que tenía reservado para el galón de leche y tener que usar la tarjeta.

A Lola le faltó mayordomía en su forma más sencilla. Gastó el dinero en algo innecesario cuando ese efectivo está apartado para algo necesario. El dinero hay que manejarlo de una forma correcta y no malgastarlo en cosas que son de menor importancia. Mi consejo es que traten de no hacer compras por impulso cuando tienen el dinero apartado para algo más importante.

EL SISTEMA DE LOS CINCO JARROS

Les voy a enseñar un sistema sencillo, el cual se pasa de generación a generación en la cultura judía, es el sistema de los cinco jarros. Con este sistemas van a manejar sus ingresos de una forma organizada, porque es una forma de presupuesto. La mayoría de las personas al recibir sus ingresos pagan lo que deben, hacen las compras necesaria y por último, guardan lo que les queda, si es que les sobra algo, y la mayoría del tiempo no invierten, viven por años de cheque a cheque y siguen estancados en el mismo lugar financieramente. Esto ocurre porque no conocen sistemas básicos del manejo en las finanzas y no han desarrollado mayordomía o administración. No hacen un presupuesto porque tienen temor a que el dinero no les rinda, pero la verdad es todo lo contrario. Un presupuesto ayuda a saber adónde es que va el dinero que llega a nuestras manos. El sistema de los cinco jarros que les voy compartir les resultará beneficioso para manejar sus finanzas de una forma sencilla.

Este sistema puede ser una base para comenzar a organizar sus finanzas, y después ustedes pueden crear otras. El dinero que llega a sus manos hay que repartirlos en diferentes categorías, como por ejemplo, un fondo para la universidad de sus hijos, retiro, vacaciones, comida, utilidades, inversiones, obra de caridad, según lo que es importante para ustedes. Para comenzar les enseñaré sobre las categorías primordiales que muchas familias judías usan y se las enseñan a sus hijos desde pequeños para que aprendan a manejar las finanzas a temprana edad. Voy a darles el ejemplo con un ingreso de $10.00.

Categorías:
- Jarro # 1: $1.00 - Diezmo (le pertenece a Dios) 10%
- Jarro # 2: $1.00- Ofrenda (caridad, templo) 10%
- Jarro #3: $1.00- Guardar en una cuenta de ahorros para emergencias 10%
- Jarro #4: $2.00 – Inversiones (forma de multiplicar las finanzas) 20%
- Jarro #5: $5.00 - Gastos para vivir. (comida, facturas mensuales, regalos, entretenimiento, ropa, ect.) 50%

Este sistema toma tiempo en acostumbrarse a ejercerlo y las cantidades de los porcentajes se pueden cambiar si lo creen necesario. Por ejemplo, puedes poner en el jarro #2 un porcentaje más alto cuando gusten.

El sistema de los cinco jarros es un presupuesto muy fácil a seguir y ayuda a desarrollar una disciplina en el manejo de las finanzas. Es nuestra responsabilidad darle una misión a cada dólar que recibamos. Un presupuesto es una disciplina que cuando se practica nos brinda tranquilidad y libertad.

LA CARIDAD Y GENEROSIDAD

Ahora les quiero hablar algo importante en relación con las finanzas que llegan a nuestras manos, es la importancia de la caridad y la generosidad, las cuales son un privilegio que lamentablemente han sido echadas a un lado. Cuando nos acordamos y damos a los necesitados, hacemos que otros glorifiquen y sean gratos a Dios, porque su necesidad fue abastecida. La Biblia nos enseña a dar con disponibilidad. Dios mismo es el mayor ejemplo de la generosidad, la Biblia nos invita a ser imitadores de Él: *"Sed, pues, imitadores de Dios como hijos amados. Y andad en amor, como también Cristo nos amó, y se entregó a sí mismo por nosotros, ofrenda y sacrificio a Dios en olor fragante"*.(Efesios 5: 1,2).

Una de las formas en que podemos reciprocar la generosidad de Dios es que también nosotras seamos generosas con los demás.

    El poder ayudar a los necesitados es de agrado antes los ojos de Dios. El Señor Jesús dijo: *"Más bienaventurado es dar que recibir"*. (Hechos 20:35). Una persona bienaventurada es quien recibe bendición, y que es dichosa. Cuando damos parte de nuestros ingresos por la buena causa para ayudar a los necesitados, mostramos el amor y la fe de que Dios nos suplirá abundantemente todo lo que nos falte. Mientras más damos, más recibimos: *"Dad, y se os dará; medida buena, apretada, remecida y rebosando darán en vuestro regazo; porque con la misma medida con que medís, os volverán a medir"*. (Lucas 6:38). Esto es una ley espiritual fiel y verdadera. Cuando damos estamos mostrando el reflejo del corazón amoroso y bondadoso de Dios hacia los demás. La generosidad debe de ser un estilo de vida y algo normal, pero muchos no lo practican porque tienen miedo de que les va a faltar para cubrir sus necesidades, pero es al revés, mientras más generosa una persona, más recibe. La generosidad no se limita únicamente en las finanzas, también podemos ser generosas y dar para la obra de caridad con nuestro tiempo, talentos y servicio. Si miramos a nuestro alrededor, encontraremos múltiples formas de dar.
    -*Así concluyó La Señora Virtudes.*

CAPÍTULO 11

Los Ojos que te Miran

Jacqueline te hace una invitación para almorzar en su apartamento:

¡Hola! _____(escribe tu nombre en el espacio) adelante por favor. Me alegro que hoy almuerces conmigo, ven, ya podemos pasar a la mesa. Espero que te gusten los emparedados de pollo con queso suizo derretido en pan criollo y un rico jugo de tamarindo.

Mientras almorzamos te quiero decir sobre uno de mis deseos para cuando yo tenga mi propia familia, es que mis futuros hijos y futuro esposo digan de mí cosas buenas como lo hacen los hijos y el esposo de La Señora Virtudes. En las enseñanzas del *Club Mujeres Excelentes* he aprendido que tus hijos y tu esposo son los ojos más importante que te miran y observan. La forma en que eres en tu casa y como tratas a los tuyos es la verdadera persona que en realidad uno es.

Un día tuve la oportunidad de compartir con La Señora Virtudes y su familia en su hogar. Recuerdo que ese domingo por la tarde hacía mucho calor y estábamos todos los miembros de la familia y yo sentados en la terraza platicando. Al rato La Señora Virtudes fue a la cocina a buscar su famoso cóctel de jugos de frutas y unos aperitivos.

Mientras esperábamos, sus hijos me dijeron que estaban muy orgullosos de su madre, que apreciaban todo lo que ella hacía por ellos y me contaron dos lindas experiencias que tuvieron.

La primera que comenzó con su testimonio fue Chanelle Sofía, la hija mayor:

Mami siempre nos ha cuidado bien, recuerdo que cuando estaba en el cuarto grado, frecuentemente olvidaba la tarea y la dejaba dentro de mi escritorio escolar. Como ya me había ocurrido varias veces, mami con mucha paciencia y amor me llevó a la escuela a buscar la tarea que se me había olvidado ese día. Recuerdo que ya eran las horas de la tarde, la escuela estaba cerrada y solamente estaba el encargado de la limpieza dentro del edificio, mami tocó el timbre hasta que el conserje nos abrió la puerta, mi madre le explicó al conserje la situación y él nos ayudó llevándonos a las dos a mi salón de clases. Entramos y nos dirigimos hacia mi escritorio para buscar la tarea. Cuando mami abrió mi escritorio y miró lo que había adentro, por poco se le salieron los ojos de tan grande que los abrió. Me dijo que mi escritorio estaba demasiado desorganizado y que por eso es que se me olvidaban las tareas. Ella tenía razón, yo tenía un reguero tan grande porque cuando la maestra me daba el papel de la tarea, en vez de ponerlo aparte para llevarlo a la casa, ponía la tarea dentro del escritorio y se ligaba con los papeles de trabajo ya terminados. Mami me dijo que necesitaba aprender sobre la organización. Esto me lo dijo con mucha ternura mientras me pasaba la mano por mi cabeza.

Buscamos la tarea por un buen rato hasta que la encontramos y después mami sacó todos los papeles de trabajos terminados que tenía en mi escritorio para llevárselo a casa y solo dejamos los lápices, borras, crayolas y mi sacapuntas. Salimos del salón y luego fuimos a la oficina donde estaba esperando el conserje, le dimos las gracias y nos fuimos. Al otro día mami me llevó a la tienda y me compró una carpeta con divisores y bolsillos para colocar cada papel de trabajo terminado y traerlo a la casa para que papi y ella los vieran, y también las tareas en su lugar correspondiente según su clase.

Cuando regresamos de la tienda mami me enseñó a organizar mi carpeta con divisores y a cómo mantenerla organizada. Desde ese entonces jamás dejé una tarea en la escuela y para más, ahora soy una persona muy organizada. Puedo decir que vivo agradecida de mami por ayudarme a resolver el problema de desorganización que tenía en mi escritorio escolar y por hacerme sentir importante al llevarme a buscar mi tarea a la escuela. Sé que siempre puedo contar con su ayuda para lo que sea.

Luego su hijo William me contó también una de sus experiencias.

Lo que admiro de mi madre es su ardua dedicación a la familia. Una de las tantas veces que me ayudó fue cuando estaba en el primer grado. Un día estaba sentado en el mueble de la sala y mami se dio cuenta que ese día mi ojo derecho parpadeaba más de lo normal, es lo que se llama un tic nervioso. Mami se sentó a mi lado y me dijo con ternura que esperaríamos unos días a ver si el problema se resolvía y volvía a la normalidad. Recuerdo lo incómodo que era para mí no poder tener control de mi ojo y me daba mucha vergüenza en la escuela delante de mis compañeritos. Pasaron dos días y el tic continuaba, así que mami me llevó al médico para saber qué era lo que me pasaba y buscarme una solución. Mi médico de cabecera nos refirió un Neurólogo, hicimos una cita. En el día de la consulta el neurólogo le dijo a mami que el tic nervioso podría estar relacionado con estrés o ansiedad. El especialista le dijo sobre una solución temporal de inyectarme Botox para paralizar el nervio al lado del ojo y como resultado el ojo dejara de parpadear anormalmente. Mami le dijo que quería esperar unos días antes de que me inyectaran para investigar sobre cuál era la raíz de lo que me causaba estrés y ansiedad.

Cuando salimos de la oficina del Neurólogo mami y yo fuimos a una tienda de productos naturales y me compró un remedio natural a base de manzanilla para niños. Recuerdo el frasco del remedio, era de cristal y tenía un gotero. Mami le echaba dos gotas a un vaso de agua y me lo daba todos los días para ayudarme con la ansiedad. También hizo lo que siempre hace en toda situación, orar a Dios por

mi para que Él resolviera el asunto. A la semana siguiente mami sintió en su corazón la necesidad de ir a hablar con mi maestra para investigar cómo me iba en la escuela y para investigar si quizás la raíz del problema estaba allí.

El día de la reunión con mi maestra, mami le pidió que le informara cuál era mi rutina diaria en el día escolar. Así que la maestra le dio la información y le dijo lo siguiente: "Cuando los estudiantes entran al salón de clases, en la pizarra están escritos unos problemas de matemática que todos tienen que resolver tan pronto se sientan en sus escritorios, y para buscar la solución solo tienen unos pocos minutos para resolverlos." Yo pues, al igual que todos los demás estudiantes obedecía lo que la maestra nos dijera, pero lo que la maestra no sabía era lo difícil que eran para mí esos primeros minutos en el salón de clase. Fue terrible porque el tener que resolver esos problemas de matemática tan rápido me causaba un sentimiento parecido a un torbellino en mi interior. Eso me pasaba diariamente en las primeras horas de mi día escolar. Ahora como soy adulto puedo expresar cómo me sentía, pero en aquel entonces era tan niño, no lo sabía expresar a mi maestra ni a mis padres lo que sentía y creo que esa fue la razón por la cual mi frustración interna salió a la superficie con un tic nervioso. Al final de la reunión mami le dijo a la maestra que el tener que resolver tantos problemas de matemática en tan corto tiempo era demasiada presión para un niño y que esa presión era lo que me estaba haciendo daño y por eso desarrollé el tic. Mami le pidió a la maestra que por favor modificara la cantidad de problemas a resolver, ya que a la verdad eran demasiados para mí, para ver si al tener menos presión, el gran estrés que experimentaba pudiera disminuir o desaparecer por completo.

Mi maestra comprendió perfectamente mi situación y aceptó la sugerencia de mami. En mi siguiente día escolar después que mami visito a mi maestra sentí un alivio cuando mi maestra se acercó a mí y me dijo que en vez de resolver los seis problemas de matemática, tan solo escogiera dos de los seis para resolver y ¡claro que elegía los más fáciles! Al poco tiempo el tic nervioso desapareció y mi ojo volvió a su normalidad.

Gracias le doy a Dios por haber puesto en el corazón de mami lo que tenía que hacer, lo cual fue de ir a mi salón de clase y hablar con mi maestra y también le doy gracias por concederme la dicha de tener a una madre atenta y amorosa. Se que siempre puedo contar con ella para lo que sea y cuando hace algo por nosotros nos dice que es un privilegio ayudarnos, porque para ella sus hijos somos un regalo de Dios.

Después que su hijo terminó de alabar a su madre, Don Salomón de Reyes Sabio, quien es el esposo de La Señora Virtudes, igualmente me dijo cosas muy bonitas de ella y de lo mucho que le daba gracias a Dios por haber permitido que sea parte de su vida. Él la compara con una piedra preciosa, de esas que son difíciles de encontrar. Don Salomón me dijo que ella va más allá de ser su esposa y ayuda idónea, porque también es su mejor amiga, confidente, consejera y su brazo de soporte en sus momentos cuando más los necesita. Las palabras de Don Salomón fueron:

Admiro a mi amada esposa porque es una mujer de valores y principios. Una mujer con una excelente formación de carácter el cual ha traspasado a nuestros hijos y sé que a nuestra futura generación. Me siento afortunado de ser llamado el esposo de La Señora Virtudes, porque como siempre digo en pocas palabras ¡esa si es una mujer!

La Señora Virtudes debe sentirse feliz de ser tan apreciada por su familia y de saber que su dedicación a los suyos es altamente agradecida y por eso la alaban. *Le respondió Jacqueline.*

CAPÍTULO 12

La Verdadera Belleza no se Ve

En la próxima reunión del *Club Mujeres Excelentes:*

¡Hola chicas! Bienvenidas nuevamente a la reunión del *Club Mujeres Excelentes*. Hoy les tengo un contenido muy interesante bajo el tema: "La Verdadera Belleza no se Ve". Comenzaremos hablando sobre la falacia que es constantemente bombardeada por los medios de comunicación, donde nos son enviados falsos mensajes sobre cómo debe lucir una mujer físicamente para que sea considerada bella. La mentira de lo que supuestamente es una mujer bella y la aceptación de esta ha causado mucho daño en la identidad de las niñas, jóvenes y mujeres. En respuesta a este lavado de cerebro o de acondicionamiento, muchas quieren ser como las jóvenes mostradas como modelos en los medios de comunicación.

Debido a esto, muchas personas adquieren grandes cantidades de deudas para someterse a costosas e innecesarias cirugías plásticas. Es tan grande su desespero por seguir el camino de la supuesta belleza que venden los medios de comunicación, que hasta someten sus cuerpos bajo el bisturí a cirujanos inexpertos, en clínicas clandestinas y por consecuencia les ha costado la vida a muchas, y otras han quedado deformes para siempre.

Están las que pasan hambre y se vuelven anoréxicas, porque creen que si tienen algunas libritas de más, lucen menos atractivas. Esta presión constante de los medios de comunicación y de la sociedad está basada en estándares falsos que ponen a la mujer en un molde solamente por el comercio y ganancias lucrativas. Las compañías de cosméticos, moda, productos para adelgazar, clínicas de cirugía plástica, estética, corporaciones de equipos de ejercicios, entre otros, pagan millones de dólares en los comerciales que son dirigidos estratégicamente a las mujeres para que luzcan bellas y atractivas, según falsos estandartes.

Dos preguntas surgieron cuando preparaba esta enseñanza para ustedes, la primera fue: ¿cuál es el verdadero estandarte de la belleza?, y la segunda ¿qué indica la verdadera belleza en una mujer? La definición correcta de la belleza ha sido distorsionada, enfocada mayormente en el físico y tristemente aceptada por millones de personas.

El cuerpo físico al pasar de los años se deteriora, la piel se arruga, los dientes se caen, la gravedad toma su curso, los huesos se debilitan, el metabolismo se pone lento, depósitos de grasa comienzan a acumularse en el área del abdomen y hay cambios en la forma en que el cuerpo distribuye la grasa, la piel pierde su elasticidad y se reseca por la pérdida de aceites naturales, desgaste del cabello, y todo esto es parte de curso natural del cuerpo humano. Claro, hay que darle al cuerpo su ayudita usando cremitas para la cara, haciendo ejercicios para el bienestar y la salud, comer saludable y en general, cuidarse. En pocas palabras, en la juventud uno está como una uva y al pasar del tiempo nos vamos convirtiendo en una pasa.

¿Qué es la verdadera belleza? El filósofo Platón dijo *"La belleza está en el ojo del espectador"*, significa que la belleza no existe por sí misma, sino que es creada por el que observa. Esto indica que el que observa decide si lo que distingue es bello o no. ¿Han ido alguna vez de compras con una amiga y las dos ven un vestido que para ustedes luce hermoso, pero para sus amigas es horrendo? O ¿han visto una obra de arte que es sumamente valiosa, pero para ustedes parece que el pintor le tiró la pintura al lienzo cuando estaba medio dormido?

Lo considerado bello es decidido por el que lo mira, por eso es que las mujeres no pueden llegar a los estandartes de belleza que dictan los medios de comunicación. Hay demasiado enfoque en la belleza exterior y poco en la más importante, la del interior, la cual es interna, real, duradera y que jamás desaparece al paso de los años. Una mujer poseedora de belleza interna es una mujer llena de buenas cualidades de carácter y virtudes, que aun en los tiempos difíciles son capaces de sacar perlas del lodo. También tiene la habilidad de impactar positivamente la vida de las personas qué está en contacto, por medio de palabras sabias y de agrado al oyente. Es una agente de cambios de bien en la vida de los demás. Una luz radiante en medio de un mundo que cada vez va declinando a un abismo oscuro de corrupción. La belleza interna sobrepasa cualquier condición en que está el cuerpo por fuera, porque traspasa la misma piel y sale a la superficie hasta con una simple sonrisa. La belleza interna es invisible, pero más poderosa que la que se ve, porque no puede ser dañada, por el ambiente, el tiempo o factores externos.

Para que entiendan un poco más de la belleza interna, les explicaré cómo es que es que la ostra produce perlas. La ostra en la parte de afuera es simple y cuando la abres no hay nada atractivo, pero tiene un mecanismo que puede tomar algo desagradable y transformarlo en hermoso. Lo que hace la ostra es que cuando un grano de arena o un parásito ingresa y la irrita, su mecanismo de defensa comienza a cubrir lo que la irrita con una sustancia llamada nácar (que es lo que le da el ilustre). El irritante es cubierto por el nácar una y otra vez, sumando miles de veces, en un proceso que puede durar de dos a cuatro años hasta que se forma la perla. La ostra, aunque en su constitución física no luzca muy atractiva, en su interior se producen hermosas perlas, lo que hace que la ostra sea algo sumamente maravilloso y buscada.

¿Han escuchado a alguien referirse a otra persona diciendo ella es una bella persona? Lo dice porque ha podido experimentar las cualidades buenas del carácter de quien describe. Una persona con la cual es agradable cuando se está a su lado por su forma de ser.

Les quiero compartir una historia bíblica sobre como Dios considera la apariencia del ser humano, que es muy diferente a como los humanos la miran.

En una ocasión Dios le dijo a Samuel que llenara su cuerno de aceite y que fuera donde Isai de Belén para que ungiera a unos de sus hijos como el nuevo rey de Israel, en lugar de Saúl (quien fue el rey humano que el pueblo escogió en lugar de Dios como su Rey). Dios le dio a Samuel instrucciones específicas de cómo iba a proceder en el asunto. Le dijo que cuando llegara a Belén y los ancianos lo recibieran informara que el motivo de su visita era el de ofrecer sacrificio a Jehová, pero que no revelara el motivo principal, el cual era el ungimiento del nuevo rey para Israel que Dios escogió. Esto porque podía parecer como una traición a Saúl, quien todavía estaba en el trono, pero a su tiempo iba a ser desplazado, ya que por su falta de sometimiento y desespero falló y el mismo se descalificó.

Samuel procedió tal y como Jehová le indicó, invocó a los ancianos, a Isaí y a sus hijos a la celebración del sacrificio a Jehová (sin el sacrificio a Jehová no podía hacer el ungimiento). El animal que Samuel sacrificó delante de los ancianos, Isai y sus hijos, era una ofrenda de paz, de comunión o consagración y parte de su carne era sacrificada y otra parte se comería en la cena de celebración. Pero antes de la cena, Samuel tenía que ungir a uno de los hijos de Isai como el nuevo rey de Israel. Samuel dejándose llevar por lo que sus ojos naturales veían escogió a Eliab, porque lo vio como que tenía buena apariencia y porte de rey, pero cuando ya estaba al punto de ungirlo, no pudo, porque Dios no se lo permitió: *"Y Jehová respondió a Samuel: No mires a su parecer, ni a lo grande de su estatura, porque yo lo desecho; porque Jehová no mira lo que mira el hombre; pues el hombre mira lo que está delante de sus ojos, pero Jehová mira el corazón"*. (1 Samuel 16:7).

Samuel obedeció y dijo *"que venga el próximo"*; Isai puso al frente a Abinadab, pero tampoco era el escogido por Jehová, luego a Sama, este tampoco era, y así sucesivamente pasó lo mismo con sus siete hijos pero Jehová los desechó a todos. Ellos eran hombres apuestos, que quizás la gente les admiraban por sus apariencia físicas, destrezas y habilidades, pero no poseían las cualidades de corazón que Jehová necesitaba para ser rey de Israel.

Me imagino lo orgulloso que estaba Isai como padre cada vez que hacía pasar a todos sus hijos guapos, en el desfile frente a Samuel. ¿Cuál era el error que estaba cometiendo Samuel? El tratar de ungir a cada uno de los hijos de Isai dejándose llevar por su apariencia, a los cuales Dios se lo prohibió, porque podía ver el interior de sus corazones. Quiero aclarar que los siete hijos de Isai no eran malos, sino que no fueron elegidos por Dios para la difícil tarea de ser rey de su pueblo Israel. Sin embargo, había un hijo de Isai llamado David que no estuvo incluido en el desfile. Al parecer no estaba al nivel de sus hermanos mayores en altura, musculatura, habilidades militares. Se puede llegar a la conclusión por la actitud de su padre, de que era considerado menos importante que sus hermanos. Pero en los ojos de Dios, David fue el perfecto candidato para rey.

Algo que David tenía de costumbre y que sus hermanos no hacían era pasar tiempo con Dios en adoración. Para adorar a Dios se debe tener un corazón para Él. Un corazón adorador está lleno de belleza y la tal es expresada y manifestada en pensamientos, palabras, acciones. *"El hombre bueno, del buen tesoro de su corazón saca lo bueno; y el hombre malo, del mal tesoro de su corazón saca lo malo; porque de la abundancia del corazón habla la boca"*. (Lucas 6:45).

Dios alaba y le agrada la belleza interior: *"Vuestro atavío no sea el externo de peinados ostentosos, de adornos de oro o de vestidos lujosos, sino el interno, el del corazón, en el incorruptible ornato de un espíritu afable y apacible, que es de grande estima delante de Dios".*(1 Pedro 3:3-4). La belleza real es la que se tiene en el interior. El texto bíblico no está desaprobando el arreglo y el adorno externo o que estemos luciendo desarregladas, sino que enseña que estemos más enfocadas en los adornos invisibles que están en el interior. Una vez vi un programa en la televisión en el cual se organizaban citas a ciega entre un joven y una muchacha.

La chica escogida fue entrevistada y ella hablaba maravillas de sí misma. Dijo que sabía que era bella, encantadora y súper atractiva; lucía bien arreglada, aunque también se le pasó la mano en el maquillaje, su ropa estaba impecable y su cabello lo tenía bien cuidado. El muchacho que fue escogido fue entrevistado. En la entrevista dijo que vivía modestamente, tenía un trabajo de seguridad y en la entrevista daba la impresión de ser un muchacho bastante maduro para su edad y con mucho deseo de superación. Según lo que cada uno dijo en la entrevista parecía que iba a ir bien en la cita a ciegas. Hasta que llegó el día que se iban a conocer por primera vez en el restaurante. Cada uno llegó puntualmente a la cita, se sentaron en la mesa. Todo parecía ir bien, ambos ordenaron del menú, hasta que la joven abrió la boca y empezó a hablar dejando salir a la superficie lo que tenía en el corazón. Esto fue lo que ella sacó de su interior: "Era vanidosa y grosera". Una de las cosas que dejó al joven sorprendido fue cuando ella dijo que prefería tener una granja llena de perros chihuahuas en vez de tener hijos, que solo quería un hombre rico que manejara un Lamborghini y muchas bobadas más. La muchacha dijo tantas cosas que espantó al muchacho. Lamentablemente ella no sabía la importancia de la belleza interna y tan solo se enfocaba en cómo lucía lo exterior, pensando que eso solo era suficiente.

La belleza interna sale del corazón, que es quien realmente es la persona. La belleza del corazón es la que debe ser la fuente de donde salen los adornos, los cuales no se comparan a los que se ven en el exterior. La Biblia habla de un adorno de belleza en la mujer y es el de un espíritu afable y apacible, ese adorno no puede ser corrompido y no se deja pervertir o dañar. Esto se refiere al dominio sobre sí misma y de sus emociones.

Cuando aún vivía con mis padres, antes de casarme, tuve una vecina que se mudó al lado de nuestra casa con su esposo e hijos. Ella siempre estaba bien vestida y más combinada que una caja fuerte. Cuando la veía daba la impresión de ser una persona tranquila y amable, ya que siempre me saludaba con una sonrisa. Pero mi perspectiva cambió cuando un día pasé por su casa y quedé sorprendida por lo que escuché. No podía creer la forma en que la vecina le gritaba a su esposo e hijos. Los gritos se escuchaban hasta fuera de su casa. Era grosera y áspera con su familia y discutía sin control. Lo triste es que la escuché gritar a su familia en varias ocasiones más cuando pasaba por su casa. Me imagino el terror de todos los que vivían con ella, ya que no gritaba sino que rugía como una leona endemoniada.

¿Ustedes creen que ella estaba adornada con un espíritu afable y apacible? Claro que no, lo mostraba en la forma en que trataba a su familia. El adorno de un espíritu afable y apacible es de gran estima delante de Dios, estos son rasgos de carácter, o sea, una forma de ser. Tiene que ver con la humildad y en la forma en que tratas a los demás. No necesariamente es hablar en voz baja o no tener voz propia, es ser amable y sensible a los demás. Eso es belleza interior.

LA MUJER QUE TEME A DIOS

¿Cómo pueden ustedes lograr ser mujeres virtuosas? Es adoptando un estilo de vida que diariamente agrada a Dios. Es tener en cuenta que son responsables con todo lo que tienen bajo su cuidado como buenas administradoras. La Biblia exalta a una mujer sabía que le teme, y que vive agradecida de todo lo que Dios deposita en sus manos. El temor a Dios es el comienzo de la sabiduría, la cual impide que la persona sea arrastrada por los deseos de su naturaleza carnal con tal de agradar a Dios. Es tener a Dios en cuenta en el diario vivir, es pensar antes de actuar. El temor a Dios no es miedo, es reverencia, reconociendo que los ojos de Dios están mirando constantemente.

Si viven con esta verdad presente en sus mentes, entonces se verán animadas a ser mujeres de excelencia en todas las áreas de sus vidas. Al principio del camino a la excelencia les será un poco incómodo, ya que salir de los patrones acostumbrados y de la zona de comodidad es una audacia en sí; Pero es posible, y les aseguro que si transitan por el camino de la excelencia vivirán vidas felices y placenteras y ¡se reirán del futuro! Así como lo hago yo, *La Fabulosa Señora Virtudes*.

Fin

LUCY RODRÍGUEZ

ELOGIO DE LA MUJER VIRTUOSA
Proverbios 31:10-31

Mujer virtuosa, ¿quién la hallará?
Porque su estima sobrepasa largamente a la de
las piedras preciosas.
El corazón de su marido está en ella confiado,
Y no carecerá de ganancias.
Le da ella bien y no mal
Todos los días de su vida.
Busca lana y lino,
Y con voluntad trabaja con sus manos
Es como nave de mercader;
Trae su pan de lejos.
Se levanta aun de noche
Y da comida a su familia
Y ración a sus criadas.
Considera la heredad, y la compra,
Y planta viña del fruto de sus manos.
Ciñe de fuerza sus lomos,
Y esfuerza sus brazos.
Ve que van bien sus negocios;
Su lámpara no se apaga de noche.
Aplica su mano al huso,
Y sus manos a la rueca.
Alarga su mano al pobre,
Y extiende sus manos al menesteroso.
No tiene temor de la nieve por su familia,

Porque toda su familia está vestida de ropas dobles.
Ella se hace tapices;
De lino fino y púrpura es su vestido.
Su marido es conocido en las puertas,
Cuando se sienta con los ancianos de la tierra
Hace telas, y vende,
Y da cintas al mercader.
Fuerza y honor son su vestidura;
Y se ríe de lo por venir.
Abre su boca con sabiduría,
Y la ley de clemencia está en su lengua.
Considera los caminos de su casa,
Y no come el pan de balde.
Se levantan sus hijos y la llaman bienaventurada;
Y su marido también la alaba:
Muchas mujeres hicieron el bien;
Mas tú sobrepasas a todas.
Engañosa es la gracia, y vana la hermosura;
La mujer que teme a Jehová, ésa será alabada.
Dadle del fruto de sus manos,
Y alábenla en las puertas sus hechos.

RECURSOS

https://en.wikipedia.org/wiki/One_Day_at_a_Time_(song)

https://www.bibliatodo.com/Diccionario-biblico/tonto-insensato-necio

https://www.psicoadapta.es/blog/que-es-la-gente-toxica/

https://wildatheart.org/daily-reading/god-our-ezer

https://en.wikipedia.org/wiki/Psychological_resilience

https://www.psicologia-online.com/personas-resilientes-ejemplos-y-caracteristicas-4303.html

https://www.unidos.com.mx/que-significa-ser-resiliente/

https://dictionary.cambridge.org/dictionary/english-french/silkworm

https://en.wikipedia.org/wiki/Villa_Lewaro#Purchase_by_Harold_Doley

https://empresofia.com/que-es-emprender/

https://en.wikipedia.org/wiki/Madam_C._J._Walker

https://www.oberlo.com/blog/work-smarter-not-harder#:~:text=One%20particular%20industrial%20engineer%20named,around%20for%20a%20long%20time.

https://en.wikipedia.org/wiki/Industrial_Revolution

https://www.kingofcotton.com/article.php/53/why_egyptian_cotton

https://shawellnessclinic.com/es/shamagazine/la-importancia-del-descanso-para-la-salud/

https://enduringword.com/bible-commentary/proverbs-31

https://dc.fandom.com/wiki/Wonder_Woman%27s_Tiara

https://enduringword.com/bible-commentary/proverbs-14/

https://www.bustle.com/p/what-are-wonder-womans-powers-the-superhero-has-more-than-a-golden-lasso-60024

https://en.wikipedia.org/wiki/Wonder_Woman

https://jewsforjesus.org/publications/newsletter/newsletter-jun-1988/jesus-and-the-role-of-women/

https://enduringword.com/bible-commentary/genesis-1/

https://margmowczko.com/a-suitable-helper/ Posted by Marg | Mar 8, 2010 | All Posts on Equality, Equality in Marriage, Gender in Genesis 1-3 | 53

https://www.gotquestions.org/he-who-finds-a-wife.html

https://www.merriam-webster.com/dictionary/subordinate

https://www.saberespractico.com/anatomia/cual-es-la-funcion-de-las-costillas/

https://www.saberespractico.com/anatomia/costillas-del-ser-humano-numero-funcion-y-clasificacion

https://www.inc.com/amy-morin/mentally-strong-women-refuse-to-do-these-13-things.html

https://maderame.com/madera-de-caoba/

https://www.definiciones-de.com/Sinonimos/de/fuerza.php

https://enduringword.com/bible-commentary/1-peter-3/

https://www.inc.com/amy-morin/mentally-strong-women-refuse-to-do-these-13-things.html

https://www.dictionary.com/browse/challenge

https://www.sleepadvisor.org/benefits-of-waking-up-early/

https://www.merriam-webster.com/dictionary/wear%20many%20hats

https://www.wordreference.com/sinonimos/obligaci%C3%B3n

https://enduringword.com/bible-commentary/proverbs-22/

https://www.vocabulary.com/dictionary/vigorous

https://www.merriam-webster.com/dictionary/vigorous

https://www.aboutespanol.com/aprende-a-cultivar-rosas-2032480

https://www.bibliatodo.com/Diccionario-biblico/bienaventurado-bienaventuranza

https://www.gotquestions.org/Christian-giving.html

https://www.learnreligions.com/the-bible-says-about-appearance-712785

https://enduringword.com/bible-commentary/1-peter-3/

https://faithfullyplanted.com/gentle-quiet-spirit/

https://www.christianitytoday.com/biblestudies/bible-answers/spirituallife/what-does-it-mean-to-fear-god.html

https://www.muyinteresante.com.mx/preguntas-y-respuestas/comoseformanlasperlas/

https://www.gotquestions.org/God-looks-at-the-heart.html

LUCY RODRÍGUEZ

LIBROS DE LA AUTORA

Made in the USA
Middletown, DE
05 November 2022